찬란하게 47년

찬란하게 47년

아름다운 게이,
홍석천
지랄발광
에세이

스노우폭스북스

이 책은 대한민국 탑 게이이자, 아름다운 사람 홍석천의 이야기입니다.

유일한 게이로, 험한 세상 손가락질을 자처한 속 깊은 내면의 고통과
고된 세상살이를 이겨 낸 한 사람의 이야기기도 합니다.

그를 궁금해하는 사람이 많다는 걸 압니다.
궁금함은 여러 가지겠죠.
그는 이 책을 통해 자신의 모든 내면을 꺼내 놓았습니다.

1장 'SO What? 그래, 나는 별종이다'는 커밍아웃을 선언한 2000년 어느 날로
시작됩니다. 청천벽력 슬픔을 감추지 못했던 부모님에 대한 죄송함과 가족의
끈끈한 사연이 담겨있습니다. 1장은 단지, 홍석천 개인의 인생사로 끝나지 않
습니다. 그의 이야기로 나의 부모와 가족에 대해 다시금 생각해 보게 하기 때
문이죠. 성인이 되고 다 자란 사람이 어떻듯 가족을 위해 희생할 수 있
는가… 되돌아 반성을 하게 만듭니다.

2장 '혼자보다 여럿이라서 좋은'은 그가 생각하는 사람 그 본질이 담겨있습니다.
더불어 자신을 포함해 아직 더 성장해야 하는 모든 동생을 위한 조언이 담겼
습니다. 자신이 생각하는 사랑에 대해서 솔직하게 이야기하며 그리운 옛 연인
이 떠오르게 합니다. 거부할 수 없는 별종으로 태어난 자신을 있는 그대로 받
아들이며 어려움을 극복해 가는 과정에서 뜨거운 무언가를 발견하게 될 것입
니다.

3장 '세상에 나를 소리치던 그때로'는 치열한 연예계 입문사가 담겼습니다. '그 얼굴로 밥 못 먹고 산다'는 심사위원들의 조언을 물리치고 수십 번 오디션을 보며 이룬 성공기가 담겼습니다. 더불어 근성을 생각해 보게 만드는 장입니다. 무언가 원하는 꿈을 이뤄가는 과정을 이야기하며, 누구에게라도 위로를 더 하고 싶어 하는 '그'를 엿볼 수 있는 장입니다.

4장 '이제는 이태원 하면 홍석천 아니겠어?'는 성공한 요식업 대표로서 전하는 노하우가 담겼습니다. 커밍아웃으로 먹고살기 어려워 택한 일이지만, 그 안에서 누구보다 치열하게 운영한 근성 있는 '꾼'의 이야기가 담겼습니다. 직원과의 갈등과 여러 에피소드는 그에게 조언을 구하고 싶어 하는 많은 사람에게 지침이 됩니다.

5장 '밀알이 되어'는 그와 같은 문제를 겪고 있을 누군가에 대한 마음이 담겼습니다. 고단한 하루를 보내지만 그가 수많은 다른 이를 도울 수밖에 없는 이유가 느껴집니다. 세상에 떳떳하게 나설 수 없는 성 소수자들의 고통을 조금이나마 이해하게 되는 장입니다.

6장 '그곳에 있어 행복했다'는 여행사가 담겼습니다. 사람들을 피해 다녔던 이곳저곳의 섬들과 그 속에서 느끼고 맛본 요리들, 기억이 들어있습니다. 그의 여행기로 떠나고 싶은 마음이 들게 합니다.
마지막 부록으로 수록된 요리 사진은, 각 이야기를 통해 독자 여러분께 대접하고 싶은 음식이 담겼습니다. 그의 그런 마음이 여러분께 전달되기를 바라봅니다.

나로 인해 당신이 위로받을 수 있다면 좋겠습니다. 그게 무엇이든지…

요즘은 힘들지 않은 분이 없는 듯합니다.
모두가 힘들고 저 역시 많은 일로 힘이 듭니다.
하지만 힘들다고만 여기면 답은 없죠.
그 힘든 것들을 하나하나 풀어가야 합니다.
그 힘듦을 하나하나 풀어나가는 과정이 삶의 보람이고
문제를 풀 수 있게 누군가 나를 돕고
또 내가 누군가를 돕는 것에서
인간관계가 시작되는 것 같습니다.
그러면서 반성하는 시간도 갖고요.
그게 통틀어 한 사람의 인생 아닐까요?

저의 책이 이런 것들에 대해서
한 번쯤 생각해 보는 계기가 되었으면 좋겠습니다.
그것이 사랑이든, 인간관계든, 인생의 경험이든, 사업이든 말
이죠.

저는 여러분의 이야기를 듣고 싶습니다.
또 저의 이야기를 하는 것이 즐겁습니다.

저는 열심히 수다를 떨겠습니다.
방송에서는 깊게 이야기하지 못했던,
마음속에 숨겨둔 이야기를 같이 들어주세요.
책 한 권의 수다를 들으며,
지친 당신이 조금은 위로받을 수 있는 시간이 되었으면 좋겠습니다.
저의 연예계 지인들과 친구들,
사업과 관련해 상담을 요청하는 많은 사람처럼 말입니다.

프롤로그 | 나로 인해 당신이 위로받을 수 있다면 좋겠습니다, 그게 무엇이든지… — 6

#1

So What? 그래,
나는 별종이다

15 — 대한민국 탑 게이, 세상에 나서다
21 — 커밍아웃, 후회하냐고?
27 — 결코 등을 돌리지 않는
31 — 그래, 나 별종이다
35 — 내게 남은 48시간
40 — 술 취한 그의 목소리, 석천아~
47 — 이례 봬도 저, 애가 둘이에요
56 — 나를 너무 잘 아는 그놈
64 — 천사가 다녀갔다

#2

혼자 보다
여럿이라서 좋은

71 — 그들
75 — 나랑 놀자~ 왁스야!
81 — 벌써 마흔하고도 7살
84 — 사랑이란
92 — 걱정인형, 홍석천
95 — 쉰 살쯤 되면 끊어야겠죠?
99 — 노는 물이 다르다

#3

세상에 나를
소리치던 그 때로

107 — 그 얼굴로 어떻게 밥 벌어 먹고 살래?

114 — 말이 씨가 된다면

121 — 최선을 다해서 3등

126 — 장사수완

129 — 최고의 MC 유재석 옆의 옆자리

135 — 사대문 안에 집 하나를 갖는 일

140 — 용산구청장 출마 선언

144 — 심장을 뛰게 하는 욕심

146 — 생이 네 번이면 뭐하겠수?

#4

이제는 이태원 하면
홍석천 아니겠어?

151 — 한 봉지 가득 채워 5천원

157 — 가게 10개, 고민 100개

161 — 토끼와 거북이

164 — 이제는 이태원 하면 홍석천 아니겠어?

169 — 준비 좀 합시다!

175 — 함께 성장하는 인간관계

182 — 역시, 한 걸음부터

#5

밀알이
되어

189 — 제발 내 아들 좀 어떻게 해주세요

194 — 세상이 벅차던 날

200 — 사랑과 우정 사이

203 — 내가 살기 위해서

208 — 살면서 절대 하지 않는 것

213 — 이리저리 넓어지는 오지랖

220 — 악조건! 인정합시다.

224 — 참 좋은 사람이 갔구나…

231 — 메테오라에 오길 잘했다

235 — 나를 감동시킨 똠얌꿍

238 — 나를 지켜준 요리

241 — 여기저기 세계로 여행

249 — 경험

257 — 행복을 찾아서

#6

그곳에 있어
행복했다

에필로그 │ 선한 영향력을 주고 싶은 이 시대의 톱 게이 — 262

스윗하게 러브 레시피

혼자서도 제대로 차려놓고 먹는 **브런치** — 264

미운정 고운정 담아 만들어 주는 **비프 브루기뇽** — 268

엄마를 위한 영양 가득한 **청양 굴 파스타** — 272

오늘도 수고한 나를 위한 **셀프 또띠아** — 276

기쁜 날 자축할 수 있는 **팟 카파오** — 280

우울하고 슬픈 마음 달래주는 **토마토 타임스프** — 284

희망을 준비하는 이들을 위한 **해산물 빠에야** — 288

특별한 장소에서 먹을 수 있는 **해물 동그랑땡** — 292

석천이네 레스토랑 추천 요리 **팟타이** — 296

추억이 가득 담긴 **똠얌꿍** — 300

#1

So What?
그래,
나는 별종이다

대한민국 탑 게이,
세상에 나서다

"저는 남자를 사랑하는 동성애자입니다."

2000년 언론을 통해 제 비밀을 밝히자, 하루아침에 대부분 사람이 제게 등을 돌렸습니다. 가족도 받아들이기 힘든 일이었으니 충분히 예상할 수 있는 시나리오였죠. 한창 방송으로 주가를 올리고 있을 때 밝힌 커밍아웃은 제 인생을 한순간에 바꿔 놨습니다. 당시 6개의 방송 프로그램에 고정 출연하고 있던 저는 모든 프로그램에서 퇴출했습니다. 그리고 여러 해 동안 방송 일을 하지 못했어요. 사람들은 등 뒤에서, 때로는 앞에서 대놓고 수군거렸습니다.

그때 커밍아웃하지 않았어도 언젠가 분명히 했을 겁니다. 그래도 당시에는 정말 힘들게 생활해야 했습니다.

대학생이 된 후 제가 동성애자라는 사실을 분명히 알게 되었을 때 저 역시 혼란스럽고 힘들었습니다. 하지만 그것은 선택할 수 있는 게 아니라 운명처럼 주어진 것이었고, 노력해서 바꿀 수 있는 일이 아니었습니다. 스스로 '나'를 인정하기까지에도 상당히 시간이 걸렸으니까요.

커밍아웃을 망설였던 가장 큰 이유는 부모님께 너무 큰 충격을 줄 것 같아서였습니다. 사실 식구 중 누군가는 알아야 한다는 생각으로 먼저 큰누나에게 사실을 털어놨습니다. 제 이야기를 듣고 며칠을 울던 누나는 저를 이해해주는 대신 부모님께는 비밀로 하자고 했습니다. 두 분 충격이 너무 커서 건강이 나빠질까 걱정됐던 거죠.

하지만 언제까지 비밀로 할 수 없어 서른이 되던 해 커밍아웃을 했습니다.

후회가 있다면 언론보다 먼저 부모님께 털어놓지 못한 일입니다.

아들에 대한 그 충격적인 이야기를 뉴스로 접하셨으니 말이죠.

커밍아웃 인터뷰를 마치고 부모님께 전화를 걸었습니다.

"나 인터뷰 하나 했는데, 곧 떠들썩할 테니 각오 좀 하셔야 할 거예요."

"무슨 인터뷰인데 그래?"

"제가 남자를 좋아한다고 했어요."

부모님은 그게 무슨 말인지 선뜻 이해를 못 하셨어요.

"내일 신문 보면 아들이 호모라고 나올 거예요. 사람들이 엄청 욕할 거고."

그러자 부모님이 놀라서 그 새벽에 부랴부랴 서울로 올라오셨습니다. 모범생에 반항 한번 안 하던 아들이 갑자기 그런 충격적인 말을 했으니 얼마나 놀라셨을까요?

믿음직하고 자랑스럽던 아들이 갑자기 손가락질 받는 사람이 되자, 부모님은 "차라리 우리 다 같이 죽어버리자."며 하염없이 눈물을 흘리셨습니다.

커밍아웃 후에 닥친 일들은 생각하던 것 이상이었습니다. 우리 집 현관 옆에 '남사랑 사는 새끼, 더러운 새끼' 같은 욕설이 쓰여 있는 것은 애교에 불과했습니다.

저는 말 잘 듣고 착한 아들이었습니다. 커밍아웃하기 전까지는요. 으하하

그러던 아들이 어느 날 갑자기 동성애자라며 커밍아웃을 했습

니다. 시트콤 '남자 셋 여자 셋'에서 유행어로 한참 주가를 올리고 있던 2000년, 제 나이 30살 때였지요. 제 성 정체성을 미끼로 협박하는 등 자잘한 일들이 쌓이자, 더는 거짓말하기도 싫고 언제까지 비밀로 하면서 불쌍하게 살아야 하나 싶어 커밍아웃을 결심했습니다.

우리나라 같은 보수적인 사회에서 커밍아웃이 불러온 파문은 컸습니다. 저는 파장을 예상하고 감당할 각오를 해서 괜찮았지만, 가족들, 특히 엄마는 굉장히 힘들어하셨습니다. 저한테 얼마나 실망을 하셨던지, 며칠 동안 잠도 못 주무셨습니다. 가장 믿고 의지했던 아들이 동성애자라니, 남자를 좋아한다니, 얼마나 기가 막혔을까요….

엄마는 한평생 살아온 고향에서 더는 못 산다고 하셨습니다. '차라리 농약을 먹고 죽는 게 낫다.'며 협박도 하셨지요.

자식에 대한 부모의 사랑이 오죽할까요. 그렇게 실망하면서도 부모님은 저에 대한 사랑을 한시도 멈추지 않으셨습니다. 제 얼굴을 보자 일단 밥상부터 차려주셨죠.

어릴 적부터 제가 익숙하게 먹어왔던 그 맛 그대로.

커밍아웃한 지 벌써 17년이 지났습니다. 이렇게 긴 세월이 흘러도 아무도 저를 따라 커밍아웃 하지 않아, 저는 여전히 연예계 최초이자 최후의 성 소수자입니다. 하지만 그동안 저를 바라보는 사람들의 눈빛은 많이 부드러워졌습니다. 열심히 사는 모습을 응원하는 분들도 많아졌고, 제 모습 그대로를 좋아해 주는 분들도 많아졌지요.

부모님도 처음보다는 많이 이해해주시지만, 한편으로는 아직도 서운해하십니다. 이성과의 결혼을 아직 포기를 못 하고 계시고요. 두 분 모두 교회에 다니면서 지금도 날마다 성경책을 앞에 두고 제가 여자를 사랑하게 해달라고 기도하시죠. 결혼식에 다녀오시기라도 하면 전화로 더 늦기 전에 선 좀 보라고도 하시고요. 그럴 때면 저는 이렇게 응수하곤 합니다.

"아이고 어쩌나, 하느님이 기도를 왜 안 들어주신대요."

"기도가 잘 안 먹히네요."라며 구렁이 담 넘듯 우스갯소리로 은근슬쩍 넘깁니다.

저도 이런 부모님의 마음을 알고 이해하고 있습니다. 제 마음대로 좌지우지할 수 있는 일이었다면 저는 부모님 말씀을 절대로 거역하지 않았을 겁니다. 살다 보니 제 마음대로 되지 않는 일이 있고, 불가항력적인 일이기에 아프고 힘들어도 받아들이는 겁니다.

대신 저는 제가 노력해서 바꿀 수 있는 일이라면 항상 최선을 다합니다. 그리고 제 삶을 스스로 디자인 합니다. 어느 누구도 저를 좌지우지 못 합니다. 심지어 그 대상이 가족이라고 해도 마찬가지입니다. 저는 사람들을 좋아하고 가족들을 정말로 사랑하지만, 인생은 오직 자기 자신의 것이기 때문입니다.

커밍아웃,
후회하냐고?

저는 커밍아웃을 전혀 후회하지 않습니다. 17년 전, 2000년. 당시만 해도 커밍아웃이란 지구가 멸망하는 것 같은 일이었습니다. 인터뷰에 앞서 부모님께 먼저 말했다면 이해시킬 수 있었을까요? 아마 절대 그렇게 할 수 없었을 겁니다.

저는 당시 '공황장애'를 겪었습니다. 낭시에는 공황장애라는 사실을 인지하지 못하고 그저 참아내기만 했습니다. 하도 욕을 먹고 이상한 시선을 받다 보니 대인 기피증까지 생겼지요. 컴퓨터로 사람들이 쓴 댓글을 보고 슬퍼하고 혼자서 울었습니다. 그러다 어느 날 문득 깨달았습니다.

'아, 내가 이러고 있어 봐야 세상에서 나를 걱정해주는 사람은

내 가족밖에 없다.'

나를 욕하는 사람들 인생에 제가 차지하는 부분은 없었습니다. 단지 욕하는 대상으로 끝입니다. 그런데 거기에 신경을 쓰고 에너지를 낭비하면, 내 목을 스스로 조르는 행위나 다름없었습니다. 정작 나를 해치는 건 나 자신이었습니다.

하늘이 파란 이유는 대기가 파란색만을 받아들이지 않고 반사하기 때문입니다. 사람들의 시선을 받아들이지 않으려고 피해 다니기만 할 게 아니라, 나만의 고유한 색을 인정하면 되는 것이었습니다. 그래서 생각했습니다.

'나가자. 밖으로 나가보자. 사람들이 나를 욕하고 나를 보기 싫다고 하면, 거꾸로 내가 다가가서 나란 사람을 보여주자.'

그래서 선택한 게 명동, 동대문 등 사람 많은 번화가였습니다. 온종일 지하철 타고 다니면서 명동 중앙 거리부터 동대문 시장, 남대문 시장에 다녔습니다. 일부러 사람 많은 곳만 골라갔습니다. 그 와중에 겁쟁이라서 선글라스는 끼고 돌아다녔습니다. 혹시나 눈 마주치면 면전에 대고 욕할까 봐 두려웠습니다.

한 사람 한 사람 부딪쳐보니 나를 이상하게 보는 사람도 있지만, '홍석천 씨 힘내세요.'라고 응원해주는 사람도 있었습니다.

'역시! 나를 지지해주는 사람도 어딘가에 있다.'

그것을 알게 되자 이후에는 버틸 수 있었습니다. 집에만 있었다면 정말 미친 사람이 되었을 겁니다. 나를 욕하는 사람들이 바라는 실패자의 모습이 되었을 겁니다.

이제는 먼저 다가가고 인사하는 게 버릇이 됐습니다. 가게 앞 테라스에 앉아서 호객행위도 합니다. 어디서 맛있는 밥을 먹을까 찾는 연인들에게 "우리 가게 와요~ 맛있어~ 메뉴 봐봐" 이렇게 말합니다. 길가에서 사람들과 눈 마주치면 먼저 인사합니다. 핸드폰을 들고 쭈뼛거리고 있으면 "사진 찍어드릴까요?"라고 먼저 묻습니다. 어떤 연예인이 먼저 사진 찍자고 그럴까요? 크크크

그 사람들한테는 제가 특별하게 남을 겁니다. 그런 사람들 하나하나가 모여 저에 대한 오해를 풀어줄 수 있다고 믿습니다. 처음 보는 사람에게 친숙하게 다 가는 것이 '아, 홍석천은 이런 사람이구나.'하고 보여줄 수 있는 나만의 방식인 셈이죠.

커밍아웃 했던 이유는 크게 두 가지였습니다. 첫 번째는 내가 진실하게 사랑하고 행복하게 살고 싶은 마음이 있었기 때문입니다. 그래서 부모님께 말씀드렸습니다.

"엄마, 아빠가 나를 이렇게 가르쳐주셨어요. 어렸을 때부터 늘 진실 되게 살아라. 남들에게 거짓말하지 마라. 이렇게 키워주셨잖

아요. 저는 거짓된 모습으로 남은 인생을 살고 싶지 않아요. 거짓
말하고 싶지 않아요."

두 번째 이유는 간단했습니다. 제가 홍석천이기 때문입니다. 다
른 이유가 없습니다. 당시 돈, 명예, 인기를 얻고 있었는데 왜 내
가 굳이 십자가를 짊어져야 하는지 고민을 굉장히 많이 했습니
다. 하지만 제 대답은 너무나 단순 명쾌했습니다.

'그냥 나니까, 홍석천이니까' 할 수 있었습니다.

커밍아웃 하고 난 뒤에 이유가 하나 더 생겼습니다. 최초의 커
밍아웃인 만큼 내가 분명히 희생하는 부분이 있겠지만, 이 위기를
잘 헤쳐나간 후에 일어서면 정말 많은 사람에게 좋은 본보기가
될 수 있겠다는 생각이 들었습니다. 아직 서른 살이고 젊으니까,
내가 기꺼이 그 역할을 맡아도 되겠다 싶었습니다. 젊고 다시 시
작할 수 있으니 무엇을 두려워하겠습니까.

1999년도 12월 31일 저는 미국 센트럴파크 타임스퀘어에 있
었습니다. 빼곡한 사람들 속에서 결심했습니다.

'한국에 돌아가서 커밍아웃 하자. 21세기 새로운 시작이고, 나
는 겨우 서른 살이니 더 늦기 전에 하자.'

내가 더 많은 것을 갖게 되기 전에, 포기할 것들이 많아지기 전
에 해야 했습니다. 더는 사람들에게 거짓말하며 감추면서 살고

싶지 않았습니다. 내 남은 인생을 위해서, 내 행복을 위해서요.

뉴욕에서 동성애자들을 위한 거리를 갈 때면 인권에 대해 다시
한번 다짐하기도 합니다. 동성애자 탄압에 저항하던 게이들과 첫
게이 바가 생긴 장소 등을 보며 깨닫는 바도 많습니다. 그러다 보
면 내가 커밍아웃 했던 절실한 이유에 대해서도 생각하게 됩니다.
커밍아웃 하기 전에 뉴욕에서 공부하기로 마음을 먹고 당시 네
덜란드인이었던 남자친구와 브루클린에 방을 얻었습니다. 뉴욕
물가에 조금이라도 아끼려고 직접 페인트칠하고 이케아에서 가
구를 사다가 집을 꾸몄습니다. 그 친구나 나나 외국인이니 취업
비자가 없어서 힘들었습니다. 한국 가서 돈을 벌어 부칠 테니 직
업을 구하고 있으라며 한국으로 돌아왔습니다. 공항에서 서로 헤
어지며 울고불고 난리가 났었습니다.
그런데 한국에 돌아와 방송하면서 8개월이 지나자, 그때까지
직업을 구하지 못했던 남자친구는 새로운 흑인 남자친구가 생겼
다며 소식을 전해왔습니다.

저는 사랑에도 의리가 있다고 생각합니다. 연애 기간이 길수록
의리는 더 깊어진다고 생각해요. 어려운 형편에 한 푼이라도 아끼
고 있을 그에게 돈을 보내준 저였습니다. 어려웠지만 한 푼 한 푼

아껴 힘들게 생활하고 있을 남자친구에 돈을 보내줬어요. 그런 열정과 감정이 있는 시기였습니다.

후회는 하지 않지만 결말이 씁쓸한 건 사실입니다. 단순한 사람이든 사랑하는 사람이든, 진심으로 대하는 건 중요하죠. 진심을 다하면 그게 어떤 결과를 초래하든 후회가 되지 않습니다. 전혀 부끄럽지 않습니다. 후회하는 것은 최선을 다하지 못했을 때 입니다. 사람을 얼마나 사랑하느냐의 문제가 아니라 이 사람을 얼마나 진실하게 사랑하는지가 훨씬 중요합니다. 당당하게 사랑하고 있다면 그 관계가 어떻게 되든 나중에 후회할 일은 없습니다.

이후 연예계에서 아무도 커밍아웃을 하지 않았습니다. 하긴 연예인 중에 같은 처지인 사람이 있다고 해도, 제가 커밍아웃 후에 겪은 일들을 보면 커밍아웃할 엄두가 안 날 겁니다. 아직도 유일무이한 연예계 게이지만 지난 17년이 그냥 흘러간 건 아닙니다.

"형 덕분에 저 부모님께 가족들, 친구들한테 이야기했어요."

이런 경우가 정말 많습니다. 저의 이런 영향력이 앞으로도 이어지길 진심으로 바랄 뿐입니다.

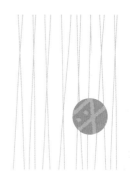

결코 등을
돌리지 않는

커밍아웃 인터뷰를 한 직후에 예정된 일정대로 시드니에 올림
픽 선수단을 응원하러 갔습니다.

인천공항으로 돌아오던 날, 공항은 온통 난리였고 수십 명의
기자가 기다리고 있었습니다. 그런데 기자들 사이에 아버지가 보
였습니다. 혹시라도 제게 무슨 일이 생길까 걱정돼서 지켜주려고
나오신 거죠. 아버지는 기자들이 몰려들자 저를 감싸 안으며, "우
리 석천이가 뭘 잘못했다고 이러느냐. 저리 물러서라!"고 소리를
치셨습니다. 울컥, 눈물이 났습니다. 그때야 세상에서 가장 든든
한 내 편이 있다는 느낌이 뭔지를 알게 됐습니다. 그것은 정말 행
복한 일이었습니다. 엄마도 공항까지 따라 나와 차 속에서 저를

기다리고 계셨죠. 집에서도 혹시 제가 나쁜 생각을 할까 걱정돼 줄곧 제 옆을 지키셨습니다. 동성애나 괴물이나 살인자라도 변함없이 사랑한다는 것을 그때 온몸으로 보여주신 겁니다.

'남들한테 절대 폐 끼치며 살지 마라.'

'거짓말하며 살지 마라.'

'나쁜 짓 하지 마라.'

우리 부모님은 어릴 때부터 항상 이렇게 말씀하셨습니다. 정말로 두 분은 법 없이도 아무에게도 해를 끼치지 않고 살 분들입니다. 콩 심은 데 콩 나고, 효자 집안에서 효자 나오는 법입니다. 그런 부모님께 교육을 받으며 자랐기 때문에, 저는 자연스럽게 부모님 기대에 부응하는 아들이 되고 싶었고, 부모님을 행복하게 해드리는 것을 삶의 목표이자 행복으로 여겼던 것 같습니다. 집안 형편이 넉넉한 건 아니었어요. 부모님이 시장에서 포목점을 운영하셨기 때문에 늘 바쁘셨지요. 저를 돌봐줄 수 시간도 많지 않아서 어렸을 때는 할머니 댁에 맡겨지곤 했습니다. 누나들이 밖에 나가 놀고 혼자 집에 남겨질 때는 스스로 끼니를 챙겨 먹어야 했습니다. 그럴 때면 부모님 손길이 그리워 서러워하기도 했고, 때로는 여유롭지 못한 형편에 부모님 원망도 했습니다.

하지만 부모님은 어릴 때부터 저를 정말 많이 사랑하고 예뻐하셨습니다. 그러니 그 사랑에 부응하는 아들이 되고 싶었고 부모님을 실망하게 하고 싶지 않았습니다. 어릴 때 제가 부모님을 실망하게 해 드리지 않는 방법은 공부를 잘하는 것이었지요. 그래서 열심히 공부했고, 학교에서 상을 받아 보여드리면 부모님은 뛸 듯이 기뻐하셨습니다. 그 모습을 보기 위해 어떤 과목이든 최선을 다했습니다. 삐뚤어지고 싶을 때도 있었습니다. 중학생 고등학생이 되고 머리가 좀 굵어지면서 일탈의 욕구가 불쑥불쑥 찾아들곤 했습니다. 친구들하고 술도 한번 마셔보고 싶고 담배도 피워보고 싶었습니다. 술에 취하거나 담배를 피우면 어떤 기분이 들까 궁금하기도 했고요. 말없이 집을 떠나 어디론가 훌쩍 가버리고 싶다는 생각이 들기도 했습니다.

그러나 그런 생각이 들 때마다 부모님 얼굴이 떠올라 막상 실행에 옮기지는 못했습니다.

5년이 지난 2005년, 부모님과 아침 방송에서 커밍아웃 이후의 삶에 관한 이야기를 나눴을 때입니다. 제가 힘들었던 일들을 이야기하다 눈물을 흘리자 엄마는 "아직도 흘릴 눈물이 남았느냐…. 세상에서 제일 사랑하는 내 아들이 더 이상은 울지 않았으면 좋겠다."고 말씀하셨습니다.

햇볕에 검게 그을린 얼굴에 농사일로 굵어진 손마디를 지닌 촌

로인 부모님이 방송에서 저에 관해 이야기하자, 많은 사람이 다른 눈으로 바라보기 시작했습니다. 동성애자라니 뭔가 이상한 줄 알았는데 여느 부모 자식과 다를 바 없는 모습을 본 사람들이 새삼 자신도 누군가의 귀한 자식이라는 걸 깨달은 듯했습니다. 그날 방송사 홈페이지에는 "홍석천 씨, 어머니께 효도하십시오."라는 격려의 글들이 쏟아졌고, 사람들은 따뜻한 인사를 건네기 시작했습니다.

이렇게 무한사랑을 주는 부모님 앞에서 저는 아직도 한도 끝도 없이 아이가 됩니다. 그것도 철없는 어린 아기가 되어, 고향에 내려가면 아직도 엄마 품에 안겨 잠을 잡니다. 그러면 엄마는 등을 토닥토닥하며 '우리 아기, 우리 아기'라고 하십니다. 그것이 엄마와 나의 사랑 표현법인 셈입니다.

그래,
나 별종이다

저는 별종입니다. 사람들이 '홍석천' 하면 떠올리는 안경 쓴 민머리처럼, 생긴 것도 외계인 같지 않나요? 마치 별나라에서 온 사람 같습니다. 어린 왕자면 좋겠지만 언감생심이고, 문어 왕자 정도죠.

사는 방식 역시, 독특한 외모만큼이나 별종 같은 삶을 사는 거 같습니다. 성 정체성, 삶의 방식, 생각하는 것들이 모두 그렇습니다.

방송에 처음 등장했을 때가 1990년대 초중반이었어요. 지금도 그렇지만 그때는 머리를 삭발한 연예인이 거의 없었습니다. 길에서 대머리인 사람을 보면 흘깃거리며 '어디 아픈가?' '백혈병인가? 항암 치료를 했나?' 이렇게 생각하는 게 보편적이었습니다. 보통의 사람은 머리카락이 빠지기 시작하면 가발을 쓰든지 모자를 써서 어떻게든 가리려고 합니다. 그런데 저는 소위 미친놈 짓을 했습니다. 당시 20대 후반의 젊은 나이였는데도 탈모증세가 나타나자 아예 머리를 확 밀어버린 겁니다. 그리고 그 헤어스타일 그대로 TV에 등장했습니다. '나는 이런 사람이에요.'라며 밀고 나간 거죠.

성 정체성도 마찬가지입니다. 게이인 것을 알게 되었을 때, 제가 뭘 어떻게 할 수 있었겠어요. 저도 힘들었습니다. 스스로 이 사실을 받아들이는 것조차도 힘들었기 때문에, 혼자서 숱한 힘든 시간을 이겨내야 했습니다. 일부러 혹은 선택적으로 가진 감정이 아닙니다. 누구한테 이야기할 수도 없었고, 설사 이야기를 한다 해도 인정받는 건 더욱 힘들었어요.

'나는 게이'라고 말하는 것 자체도 금기였고 터부시되었거든요. 하물며 대중의 관심과 사랑을 먹고 사는 연예계는 말할 것도 없었습니다.

그러다 보니 거짓말을 해야 했고 숨겨야 했습니다. 다른 사람 입맛에 맞추기 위해 거짓말하고 숨기는 건 제 스타일이 아닙니다. 누구보다도 제가 제일 불편했습니다. 그래서 운명을 건 도박, 커밍아웃했습니다. 이후 17년이 지나도 그 누구도 따라 하지 못한 '대담한 시도'였습니다.

커밍아웃 이후 방송 일을 하지 못했습니다. 캐스팅 제의를 받고 계약 직전까지 갔다가 출연이 무산되는 일이 3년 동안 수없이 반복됐습니다. 그때 가장 감사했던 분을 꼽으라면 아무래도 드라마작가 김수현 선생님입니다. 제가 다시 방송에 복귀할 수 있던 것은 전적으로 김수현 선생님의 도움 덕분입니다.

3년 동안 일이 끊겨 생활고로 힘들 때, 선생님께서는 한 번도 만나본 적 없는 제게 먼저 연락을 해주셨습니다. 그리고 커밍아웃한 뒤 처음으로 SBS 드라마 김희애 주연의 '완전한 사랑'에 캐스팅해주셨고, 권상우, 김희선 주연의 MBC 드라마 〈슬픈 연가〉에 출연시켜주셨습니다. 당연히 방송국 관계자, 드라마 감독님들, 언론에서 홍석천 출연은 안 된다고 반대했습니다. 그때 선생님은 단호한 입장표명으로 제게 큰 힘을 실어주셨습니다.

"아니, 얘가 무슨 잘못을 했길래 너희가 얘한테 돌을 던져?"
그리고 저에게도 이렇게 말씀해주셨습니다.
"네가 잘못한 게 뭐냐? 너는 그냥 너 자신한테 솔직했을 뿐인데. 네가 당하는 이 차별이 난 이해가 안 가. 그래서 난 너한테 기회를 줄 뿐이야."

인생에는 그런 사람들이 있는 것 같습니다. 말도 안 되는 힘겨
운 상황에서 기회를 주는 천사 같은 사람. 모두 손가락질할 때
따뜻하게 손을 잡아주는 사람, 모두 외면할 때 "도와줄 일 없어
요?"라고 말해주는 사람, 무거운 짐을 지고 힘든 언덕길을 올라
갈 때 조용히 달려와서 그 짐을 같이 들어주는 사람… 그분들 덕
분에 아직도 세상은, '살 만합니다.'

내게 남은
48시간

〈내게 남은 48시간〉이라는 tvN 예능 프로그램이 있습니다. 그 프로그램을 보면서 '만일 내게도 48시간만 남아있다면 무엇을 하고 있을까' 생각했습니다. 저라면 48시간을 온전히 어머니 옆에서 보낼 것 같습니다. 저에게 '엄마'는 굉장히 애틋한 사람이니까요. 고등학교 시절 자취를 할 때는 청양에서 가까우니 그나마 자주 찾아뵐 수 있었습니다. 하지만 서울에서 대학교에 다니면서 함께 있는 시간이 점점 줄었습니다.

엄마는 멀미를 심하게 하십니다. 엄마가 저를 보러 오실 때면 멀미 때문에 한동안 몸을 추스르기 위해 고생하시곤 했습니다. 그래서 더욱 함께 보낼 시간이 많지 않았습니다. 사회생활을 시작한 후에는 한층 더 어렵게 되었고요.

일평생 자식들을 위해서만 살아온 엄마의 인생에서는 제가 특별히 큰 의미가 있는 아들입니다. 엄마 이야기를 하려고 하면 눈물부터 나옵니다. 엄마의 인생은 너무 파란만장했고, 박복하다고 해야 할까요?

엄마는 양반집 가문에서 태어나 곱게 자랐습니다. 외할아버지는 동네 지주였습니다. 손에 물도 안 묻히고 시집온 분이셨죠. 그러다 외할아버지가 사기를 당하며 가세가 기울었습니다. 엄마는 아빠를 만나 결혼을 했고 장사를 도우며 사셨습니다. 드센 홍씨 가문으로 시집와 고모들 등쌀에 기 한번 못 펴고 사셨습니다. 엄마는 끼도 없고, 촌스럽지만 소녀 같은 분입니다.

능숙하게 장사도 못 하셨으니 고모들은 엄마를 늘 구박했습니다. 딸만 셋을 낳았으니 구박이 오죽했겠어요. 결국, 엄마는 아들을 못 낳았다는 이유로 소박을 맞았습니다. 소박을 맞고 외할머니댁에 있을 무렵 아버지가 다른 여자를 들여 아들을 낳았습니다.

그러나 아버지는 조강지처를 버리지 못했고, 엄마를 보러 외할머니댁에 왔다 갔다 하다 제가 태어났습니다. 제가 태어나고 나서야 엄마는 다시 아버지가 있는 집으로 돌아오실 수 있었습니다. 그렇게 생긴 자식이니 엄마의 인생을 바꿔준 셈이었고, 눈에 넣어도 안 아플 아들이었습니다. 아버지는 물론이고 엄마는 어릴 때부터 저를 무척이나 사랑했을 뿐만 아니라 늘 자랑거리였습니다.

엄마는 아버지 때문에 마음고생도 많으셨습니다. 지금도 틈틈이 싸우십니다. 아버지는 아직도 밖에 나가서 무언가를 하는 걸 좋아하시고, 사업한다고 돈도 많이 잃으셨습니다. 예전부터 아빠가 일을 벌여 놓으면 엄마가 늘 뒤치다꺼리를 하셨죠.

그래서 제가 커밍아웃할 때도 제일 걱정했던 게 엄마였습니다. 제가 빨리 결혼해 자식 낳는 걸 삶의 목표로 생각하고 계신 분이셨습니다. 그런 인생의 목표를 제가 깨버린 거죠. 그동안 공부 잘하고, 연예인으로 유명해지고, 돈 잘 벌고 그런 것은 전부 필요가 없었습니다. 손자를 안겨주는 게 가장 큰 효도고 행복이었을 겁니다. 지금도 전화통화를 하면 "우리 아들 옆에 여자가 있어야 하는데. 누가 옆에서 챙겨줘야 하는데 엄마 없어지면 누가 챙기나." 하시며 걱정하십니다.

최근에는 어떻게든 시간을 내서라도 잠깐이라도 고향 집에 내려가려고 노력합니다. 고향 집에 가보면 제가 어렸을 때 무척 크게 느껴졌던 집이나 방, 다녔던 학교, 동네들이 모두 작아져 있습니다. 무엇보다도 놀라게 하는 건 부모님입니다. 오랜만에 본 엄마의 키는 너무나 작았습니다. 반가워서 꼭 안았는데 마치 아기를 안는 것 같았습니다. 아버지도 마찬가지였습니다.

이러다가 어느 날 두 분이 없어져 버리는 것은 아닐까요? 언젠가 그 사실을 깨닫게 되는 것이 두렵습니다. 제게 인생을 살 수 있는 48시간 만이 남게 된다면, 온종일 엄마하고 붙어있을 것 같습니다. 여러분도 그런가요?

술 취한 그의 목소리,
석천아~

저는 어릴 때부터 항상 아버지를 '아빠'라고 불렀습니다. 20대 성인이 돼서도 아빠라고 불렀으니 어찌 보면 버릇없는 아들, 예의 없는 아들이었을 지도 모릅니다. 그러던 제가 커밍아웃을 하고 죄송스러운 마음에 한동안 '아버지'라고 불렀어요.

'아빠'와 '아버지'는 달랐습니다. 호칭이 바뀐다는 건 용어만 달라지는 그런 문제가 아닙니다. 아버지라고 부르는 순간 뒷말도 바뀌고, 마음가짐도 달라지거든요. "아빠, 걱정하지 마. 사랑해."가 아니라 "아버지, 걱정하지 마세요. 잘하겠습니다."로 바뀌는 거죠. 하늘과 땅 차이입니다.

아버지도 그런 변화를 느끼셨을까요? 잘 모르겠습니다. 그것을 두고 무어라 말씀하신 적이 없어서요. 다만 세월이 흘러 어느 순간 부모님이 늙으신 것을 깨닫게 되니, 다시 한없이 어린 아들이 되고 싶어졌습니다. 그래서 제 나이 마흔을 넘어 아버지를 다시 '아빠'라고 부르기 시작했습니다.

어릴 때도 지금도 저는 항상 부모님께 걱정 끼치지 않는 아들이 되고 싶었습니다. 하지만 제가 어떻게 해도 부모님은 항상 걱정하시니, 그것이 가장 힘듭니다. 자식이 무엇을 하든 부모님은 걱정합니다. 제가 가게를 한 곳 더 창업해도 애태우시고, 폐업하면 더 애를 태우십니다. 자금에 문제는 없는지 피곤하지는 않는지, 걱정에 또 걱정하시고요. 저와 마찬가지로 걱정 인형이시거든요.

그래서 고향 집에 내려가면 일부러 아기가 됩니다. 갈치구이가 반찬으로 나오면 가시 발라달라고 하고, 김치 쭉 찢어서 밥숟가락 위에 얹어달라고 그럽니다. 언제까지나 부모님께 귀여운 아들, 어린 아들이 되고 싶어서요. 아직도 가끔 저를 아기라고 부르시는데, 낯간지럽기는 하지만 그렇게 부를 때마다 마냥 좋습니다. 입이 귀에 걸립니다. 부모님은 그런 제 모습을 보며 또 재미있어하시죠.

앞으로도 저는 편한 아들, 거리감 없는 아들로 존재하고 싶습니다. 막내아들 그 모습 그대로 남아 드리고 싶어서요.

아들 선호사상이 뿌리 깊게 남아있던 1960년대, 엄마는 결혼해서 딸만 셋을 연달아 낳으셨습니다. 실망한 아버지는 제가 태어날 때 또 딸이겠거니 지레짐작하고, 출산하는 엄마 곁에 와보지도 않으셨다고 합니다. 동네 사람들이 아들이라고 말해줄 때까지도 믿지 않을 정도였습니다. 이렇게 저는 딸 부잣집 소중한 막내아들로 태어났습니다.

어릴 때 저는 빨리 자라서 얼른 '어른'이 되고 싶었습니다. 사전을 보면 '어른'은 '다 자란 사람'이라고 나옵니다. 어른이 되면 뭐든 쉽게 결정하고 잘되는 건 줄 알았습니다. 학교에 다닐 때처럼 말입니다. 학생이었을 때는 해야 할 것과 하지 말아야 할 게 분명했습니다. 열심히 노력하면 노력한 만큼 결과가 나오는 것들도 많았습니다.

그런데 막상 어른이 되니 학생과 어른의 격차는 생각보다 컸습니다. 어른이 되자 아무도 무엇을 하라고 시키지 않더군요. 온종일 게임을 하든, 공부하든, 무엇을 하든 스스로 선택하고 결정 내려야 했습니다. 그 선택과 결정에 따른 책임 역시 온전히 자신의 몫이었습니다. 어른이 돼가며 뼈저리게 느낀 건 자신에 대한, 자기 인생에 대한 책임을 지는 게 진짜 어른이 되는 과정이라는 것이었습니다. 나이를 먹고 키가 다 자란 사람이 어른이 아니라 '자신의 행동에 책임을 질 수 있는 사람'이 어른이었습니다.

요즘은 어른 노릇을 하기도, 어른의 도리를 하기도 너무 어려운 세상이 됐습니다. 미혼남녀들은 결혼을 꺼리고, 결혼하더라도 출산율은 세계 최저 수준인 것이 대한민국 '초보 어른'들의 현실입니다.

그러니 옛날 어른들이 존경스럽습니다. 과거 어른들은 찢어지게 가난해도 자식을 네다섯씩 낳았습니다. 자녀가 셋이면 적다고 할 정도였죠. 칠 남매, 팔남 매인 집들도 많았습니다. 유모차에 보행기, 마트에서 파는 각종 이유식에 편리한 기저귀로 무장하고 한두 아이 키우면서도 힘들다고 징징거리는 요즘 사람과 달리, 옛날 엄마들은 어린아이들을 둘러업고 시장에서 장사하면서 키우고 공부를 시키셨죠.

우리 집도 예외는 아니었어요. 집안 형편이 어려워 사교육을 받거나 풍족한 환경에서 키워주시지는 못했지만, 저희 남매들에게 넘치도록 충분한 사랑을 주셨습니다. 그러고 보니 그것만으로도 너무나 감사한 일이라고 생각이 듭니다.

아버지는 술이 약한 분이셨어요. 하지만 세상이 가끔 아버지에게 술을 권하곤 했습니다. 일 때문에 속상한 일이 있으면 아버지는 못하는 술에 잔뜩 취해 집으로 돌아오시곤 했습니다. 깜깜한 시골길을 비틀비틀 걸어오며 골목 어귀에서 고래고래 저를 부르셨습니다. 온 동네가 떠나갈 듯 커다란 목소리였습니다.

"석천아~!"

술에 취한 아버지는 평상시의 모습과 전혀 달랐습니다. 한 몸 안에 전혀 다른 두 인격체를 지닌 지킬 박사와 하이드처럼, 숨어 있던 다른 사람이 술의 힘을 빌려 밖으로 뛰쳐나오는 것 같았습니다. 어렸을 때는 그런 아버지가 너무 원망스러웠습니다.

'아빠는 왜 이렇게 엄마와 나를 힘들게 할까. 나는 크면 절대 저렇게 살지 말아야지, 아빠처럼 살면 안 되겠다….'

그렇게 '아빠처럼 살지 않겠습니다.'라고 결심하게 한 가장 큰 이유가 술이었고, 저는 정말 술을 마시지 않는 어른이 됐습니다. 제가 어른이 되었기 때문일까요? 요즘은 아버지가 왜 술을 마셨는지 조금 이해가 됩니다. 처음에는 몰랐던 부분들이 이제 조금씩 그 무게가 느껴집니다. 어른이 되고 가장이 돼보니, 그때 아버지가 느꼈을 가장의 무게를 조금 알 것 같습니다.

지금 생각해보면 바쁘게 일해도 늘 빠듯하게 살림을 꾸려야 했던 아버지의 무게의 책임감은 상당히 컸던 겁니다. 가부장적인 시골에서 자신이 짊어진 짐을, 그 힘듦을 누구와 얘기할 수 없었을 겁니다. 견디고 견디다, 너무 힘겨울 때 술로 자신을 놓아버리는 것 외에 달리 풀 방법을 몰랐던 것이겠죠. 생각할수록 목이 메고 안쓰럽습니다.

엄마는 이런저런 일을 잘 벌이는 아버지의 성격만 닮지 말라고 늘 당부하셨습니다.

"우리 아들, 제발 한 우물만 파라."

하지만 피는 못 속인다는 말이 왜 나왔겠어요? 엄마의 간절한 바람에도 불구하고, 저는 성향이나 성격 면에서 아버지와 정말 비슷합니다. 엄마를 닮아 보수적이고 섬세하지만, 아버지를 닮아 여기저기 일을 벌여놓곤 합니다. 가게도 여러 개 내고 사업도 키우고, 그러면서 방송도 포기하지 않고 하는 모습이 딱 아버지의 모습이지요.

이제 팔순이 넘은 아버지는 제 품에 쏙 들어오는 작은 어른이 되셨습니다.

"우리 아빠 진짜 작다. 왜 이렇게 작아졌어?"

"야, 인마! 늙으면 다 그래."

어릴 적 한없이 커 보였던 우리 아버지, 화낼 때 무섭던 아버지는 어디로 간 걸까요?

어릴 적 몸집이 작던 자식을 커다란 아버지가 키워주셨으니, 이제는 거꾸로 작아진 아버지를 커진 자식이 책임져야겠지요. 저의 생은 뿌린 것들을 수확할 수 있는 가을이 되었고, 아버지의 생은 그동안 수확한 것으로 연명하는 겨울이 되었으니 말입니다.

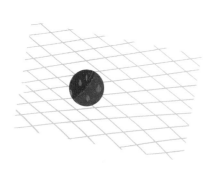

이래 봐도
저, 애가 둘이에요

저에게는 아들과 딸, 두 자녀가 있습니다. 독신이고 동성애자
인 것은 대한민국이 다 아는 터에 무슨 아이냐고요? 가슴으로 낳
은 아이, 입양한 아이들입니다. 그 아이들은 제 친조카들입니다.

2008년, 작은 누나가 이혼을 결심했을 때 아이들 때문에 고민
하고 있었습니다. 아이를 키우다 나중에 생부가 친권을 주장하
면 보내야 하는 상황이 생길 수도 있다고 했습니다. 그런 사태를
막기 위해 생부의 친권 포기 각서를 받으려면 법적인 입양자가
있어야 했습니다. 그래서 사랑하는 누나와 조카들을 위해 나선
겁니다.

"애들은 내가 키울게, 누나는 누나 삶을 살아. 걱정하지 말고."

이렇게 저는 두 아이의 아빠가 됐습니다. 고민이 없었다면 거 짓말입니다. 막상 법적으로 입양절차를 밟으려니 여러 가지로 골 치가 아팠거든요. 조카들에게 친권을 행사할 수 있는 보호자가 되기 위해서는 아이들의 성을 바꿔야 했고, 한참 민감한 아이들에 게는 이씨 성에서 홍씨 성으로 바뀐다는 것 자체가 매우 큰 스트 레스였습니다. 삼촌이라 부르며 7년을 같이 산, 아이들도 쉬운 일 은 아니었을 겁니다.

당사자인 아이들에게 의견을 물었더니 둘 다 "성이 바뀌면 친 구들한테 놀림당할 것 같은데… 친구들 시선도 귀찮고 물어보는 애들한테 집안 사정을 설명하는 것도 너무 싫어요."라며 기겁했습 니다. 조금 치사하지만, 현실적인 방법으로 아이들을 유혹할 수 밖에 없었습니다. 그래서 이렇게 말했습니다.

"삼촌이 모아둔 재산 있는 거 알지? 혹시 삼촌한테 문제가 생 기거나 삼촌이 죽으면 그 재산이 다 너희들한테 가게 돼. 그러려 면 법적으로 완전하게 해둬야 해. 5분 줄 테니까 잘 생각해봐."

방으로 들어간 아이들은 잠시 뒤에 나와 삼촌이 하자는 대로 하겠다고 하더군요. ㅎㅎㅎ

이렇게 아이들과 저는 완전한 가족이 되었고, 누나도 함께 아 이들을 돌봤습니다. 저는 제 삶에서 '결혼'이라는 단어를 지웠습니다. 그런데도 법적으로 내 자녀를 둘이나 얻은 것은 행복한 일입니다. 평생 아이가 없을 나에게 이렇게 아이들을 주신 것에 대해 신께 감사한 마음도 들었습니다. 다행히 아이들은 외삼촌이자 아빠인 저와 함께 사는 것을 좋아했습니다. 엄마가 재혼해도 삼촌이랑 살겠다고 할 정도로요.

초등학생이던 아이들이 중학교에 진학할 무렵, 누나가 아이들을 필리핀으로 유학을 보내자고 하더군요. 생각해본 적 없던 제안이었습니다. 제 성 정체성과 이혼가정으로 아이들이 상처받을까 걱정되고 두렵기는 했습니다. 하지만 이미 상처받은 아이들을 아는 이 없는 외국으로 보내는 것 또한 걱정되는 일이었습니다. 대학생도 아니고 이제 중학생이 된 아이들을 외국에서 홀로 공부하게 하는 것이 옳은 선택일까요?

경제적 부담도 만만치 않겠지만, 그것보다는 아이들이 현지 사회에 적응하지 못하고 힘들어할까 봐 더 긱징됐습니다. 물론 우리나라 정서에서 이혼한 가정, 동성애자로 유명한 삼촌을 아빠로 둔 채 사는 것 또한 편안한 길은 아닙니다. 아이들 처지에서 생각을 해보니, 더욱 자유로운 환경에서 공부하게 하는 편이 더 나을 것 같았습니다. 결국, 두 아이를 해외학교로 진학시켰습니다. 현재 딸은 필리핀에서 중학교를 졸업하고 고등학교에 다니다 미국에서 대학을 졸업했고, 아들은 2017년 현재 미국에서 고등학교에 재학 중입니다.

아이들이 성장해 가는 모습은 대견했습니다. 직접 아이들 교육을 하거나 돌볼 수 없는 상황이었기 때문에 삼촌인 아빠가 해줄 수 있는 건 학비를 대주는 정도였습니다. 그런데도 아이들은 너무나 착하고 바르게 커 주었습니다. 유학을 보낸 후로는 방학 때만 잠깐 볼 수 있었고, 제가 바쁠 때는 그나마도 자주 보지 못했는데 말입니다.

아들이 어렸을 때는 철없는 모습을 보일 때도 있었지요. 유학을 갔던 초기에 방학을 맞아 집에 오면 컴퓨터 게임을 지나치게 많이 했거든요. 오후에 스케줄이 있으면 늦잠을 자는데, 일어나 보면 언제부터인지 몰라도 컴퓨터 게임을 하고 있었습니다. 몇 번은 모르는 척했습니다. 중2병이 그토록 무섭다는데, 한창 반항할 시기에 착하게 자라고 있는 기특한 아이인지라 어느 정도 하면 수그러들 줄 알았습니다. 그런데 계속하기에 어느 날은 잔소리를 한마디 하고 출근했습니다.

"아들, 컴퓨터 게임을 하는 것도 좋아. 나중에 컴퓨터학과를 갈 거면 뭐라고 안할게. 하지만 그냥 노는 거라면 하루 2시간 정도는 공부해야 하지 않겠니? 삼촌이 이렇게 고생하면서 너희들 뒷

바라지를 하는데 양심이 있으면 말이야."

그 말을 듣고 깨달은 바가 있던 걸까요? 다행히도 그 후에는 한국에 와서도 학원에 다니며 열심히 공부하더군요. 게임을 하며 시간을 보내기보다 보람 있는 일을 찾기도 했어요. 한번은 유학생 친구들끼리 모여 작은 자선 콘서트를 열었습니다. 아들이 그 콘서트에서 사회를 본다고 하기에 내심 '잘할 수 있을까?' 걱정했습니다. 그런데 정말 잘해냈고, 아이도 저에게 "저 잘했어요."라며 보고를 했습니다. '다 컸구나…' 싶은 마음에 뭉클했습니다.

그렇습니다. 저는 우리나라 사람들 대부분이 알고 있는 동성애자입니다. 대한민국에 저 같은 삼촌을 갖는 아이들이 어디 있을까요? 사춘기 어린 마음에 혹시나 창피하고 상처 입을까 봐 아이들이 다니는 학교에는 가보지도 않았습니다. 아이들이 눈치 챘을지, 아니면 일 때문에 바빠서 그럴 거로 생각했을지 모르겠습니다.

그런데 방송을 핑계로 학교에 갔다가 크게 상처받은 일이 한 번 있었습니다. 아들, 딸이 필리핀 유학할 때 예고도 없이 학교 교실에 찾아갔습니다. 아침 방송 프로그램에 출연하면서였습니다. 한창 수업을 하고 있는데 복도 창문에서 아들 이름을 부르며 반갑게 인사하고, 카메라와 스텝들까지 함께 교실 문을 열고 들어

갔습니다. 아이는 당황해하는 빛이 역력했습니다.

"삼촌 왜 왔어? 좀 이따가 얘기해."

오랜만에 본 나에게 첫 마디가 '왜 왔어'라니, 가슴 속에서 커다란 추 하나가 툭, 떨어지는 것 같았습니다. 생각해 보면 사춘기를 겪으며 한참 예민한 중학생 아이가 충분히 할 수 있는 반응이었습니다. 더구나 미리 한마디 상의도 안 했으니 얼마나 놀랐을까요. 거기다 친구들까지 모두 지켜보고 있으니 당황스러웠을 겁니다. 머리로는 이해했지만 사실 서운한 마음에 몰래 울었습니다. 이렇게 뒷바라지해줬는데 내 마음도 몰라주다니….

시간이 흘러 아들이 미국에서 고등학교에 다닐 때 일입니다. 학교 선생님들과 학생들이 작은 호텔 뷔페에서 학부모님을 모시고 파티를 열었습니다. 아들이 전화를 걸어, "삼촌 우리 학교에서 부모님들 모시고 파티를 해요. 꼭 오세요."라며 초대를 하더군요. 감동했죠. 학교에 갔을 때 당황해하며 왜 왔느냐고 하던 녀석이 먼저 초대를 하다니.

파티에 가면서도 혹시나 동성애자인 나를 불편해하는 분들이 있지 않을까 걱정했습니다. 그런데 이런 걱정은 순전히 저의 기우였습니다. 미국인 교장 선생님은 "이 사람이 얼마나 대단하고 용기 있는 사람인 줄 아십니까."라며 저를 특별히 소개해 주시는 거예요. 참석한 분들 대부분 저를 좋아해 주고 지지해주시니 얼마나 기뻤는지 모릅니다. 아들도 그런 저를 자랑스러워하더군요.

사실 미안한 게 많죠. 아이들 입장에서는 제가 널리 알려진 연예인이니 "우리 삼촌 연예인이야."라며 자랑할 수 있을 텐데, 커밍아웃했으니 오히려 다른 아이들에게 놀림감이 되기도 했을 겁니다. 그래서 졸업식이나 입학식 때 제가 가지 않는 게 오히려 도와주는 일일 것 같아 그런 날에는 일부러 늦잠을 자곤 했습니다. 아이들이 학교에 갈 때 자고 있다가 "삼촌 안 와요?"라고 연락이 오면 "삼촌 좀 있다 촬영이 있어. 미안해. 나중에 맛있는 거 사줄게." 하고는 전화를 끊고 많이도 울었습니다.

일찍 철이 들어 제 마음은 아프게 한 딸은 장녀라는 부담을 지고 요리를 전공했습니다. 사실, 삼촌을 돕겠다며 요리 공부를 하겠다고 했을 때 얼마나 기뻤는지 모릅니다. 그 딸이 대학을 졸업하고 한국에 돌아와, 지금은 구리에 있는 마이첼시에서 회계 경리부터 배우고 있습니다.

누나와 아이들은 제가 은인이라고 하지만, 저에게 아이들은 삶의 힘을 다시 준 존재들입니다. '다른 사람이 뭐라 해도 우리에게는 고맙고 사랑스러운 삼촌'이라고 말해주는 조카들이 정말 큰 힘이 되었습니다. 아이들의 양육자가 되는 것은 많은 책임감을 동반하는 일입니다. 아이들이 행복하고 건강하게 자라 사회에 좋은 어른이 되게 하는 조력자가 바로 저라고 생각하면 정신이 번쩍 들곤 합니다.

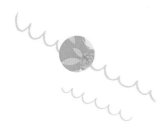

나를 너무
잘 아는 그놈

　저는 잠들기 전 핸드폰을 늘 가까운 곳에 둡니다. 언제라도 전
화를 받으려고요. 2000년 이후 무려 17년 동안 전무후무한 커밍
아웃 연예인인 덕분에, 저 같은 고민을 한 사람들 상담 전화를 많
이 받습니다. 상담 전화는 주로 밤과 새벽에 걸려와, 이야기를 들
어주느라 잠을 설칠 때가 많습니다.

　힘들지 않으냐고요? 물론 힘듭니다. 하지만 멈출 수가 없습니
다. 성적 정체성에 대해 고민하다 죽기로 한 친구들 살려낸 것만
해도 너무 많기 때문입니다. 얼굴도 모르는 성 소수자들에게 상
담을 해줄 수 있는 건 단순히 같은 입장 때문만은 아닙니다. 저
또한 그런 경험이 있기 때문입니다.

사실 막내아들로 귀염받으며 자란 제가 경제적·정신적으로 가장 노릇을 한다는 게 쉬운 일은 아니었습니다. 아직도 벅찰 때가 많습니다. 반드시 장남 혹은 장녀가 가장 노릇 해야 한다는 법도 없지만 많은 풍파를 견디며 가정을 이끄는 것이 쉽지만은 않습니다.

작은 누나의 아들, 딸인 내 조카들을 자식으로 받아들이는 것도 마찬가지였습니다. 아직도 때로 이 무게를 어떻게 버텨야 하나 많은 생각이 오갈 정도니까요. 작은 누나가 이혼하고 조카들을 내 자식으로 받아들인 후, 누나는 새로운 남자를 만났습니다. 매형의 직업은 보험판매원이었습니다. 아이들, 누나, 제 것까지 한 달에 천만 원씩 보험료를 냈습니다. 말이 안 되는 일이었죠.

당시 마포구 공덕동에서 누나와 함께 살고 있었는데, 불필요한 보험 때문에 말다툼이 이어졌습니다. 누나는 나와 아이들을 위한 일인데 도대체 왜 그러냐고 했습니다. 누나 입장에서는 속상했을 겁니다. 하루는 말다툼을 계속 하다 아이들 이야기로 번졌습니다. 유학 가 있는 아이들은 방학 때만 잠깐 오기 때문에 사실 제가 해줄 수 있는 게 별로 없었습니다. 방송일이 바빠 따로 시간 내어 놀이공원 한번 같이 가질 못했습니다.

"네가 애들한테 해준 게 뭐 있어!"

누나가 제게 소리쳤습니다. 순간 눈물이 핑 돌 정도로 서운했습니다. 가장의 짐이 가뜩이나 버거워서 힘들었습니다. 두 명의 아이를 필리핀에 유학시키는 비용도 버거울 때가 많았고요. 나를 위해 쓰지 못한 돈을 가족들을 위해 아낌없이 쓰며 나름 헌신한다고 생각했습니다. 아무도 강요하지 않았지만 그게 행복이었고요. 그런데 누나에게 그런 원망을 듣자 너무 좌절해서 가족이고 애들이고 다 놓아버리고 싶었습니다. 그렇게 어떻게든 잘 살려고 노력했는데 그런 이야기를 들으니 모든 것이 무너져 내렸습니다. 그때 누나에게 저도 모르게 처음으로 큰소리를 질렀어요.

"누나 내 방에서 나가!"

새벽 3시를 넘긴 시간이었습니다. 벙거지 하나 쓰고 집을 나왔습니다. 편의점에 들어가 물 한 병과 담배 한 갑을 사고, 무작정 마포대교로 걸었습니다. 마포대교 위에서 흐르는 강물을 내려다보니 온갖 생각이 들었습니다.

'난간 위에 올라가서 뛰어내리기만 하면 죽겠구나. 아, 정말 사라져버릴까. 눈 딱 감고 뛰어내려 버리면 몸과 마음이 편안해질까…'

짊어지고 있는 이 짐을 내려놓고 싶었습니다. 나의 힘듦과 외로움을 아무도 몰라주다니. 이렇게 힘들게 살았는데 몰라주다니.

모든 것을 그만하고 싶다는 생각밖에 안 들었습니다. 계속해서 핸드폰으로 연락이 오고 문자가 왔습니다. 누나들이었습니다.

마지막이라고 생각하니 부모님 목소리가 너무 듣고 싶었습니다. 하지만 그 새벽에 부모님께 연락할 수는 없었습니다. 안부 인사라고 둘러대도 이상하다고 생각하고 무슨 일이냐며 걱정하실 게 뻔했습니다. 이야기하고 싶은데 전화할 사람이 없었습니다.

망연하게 전화번호 목록을 들여다보다가 한 사람이 떠올랐습니다. 이전에 5년을 사귀던 한국인 남자친구였습니다. 저와 제 집안 사정을 모두 알고 있는 친구였기에, 유일하게 모든 이야기를 털어놓을 수 있는, 나에게는 휴지통 같은 존재였습니다.

'이 사람한테만큼은 마지막 작별인사를 해야겠다.'는 생각이 간절했고, 한편으로는 마포대교에서 떨어져 죽었는데 아무도 나를 못 찾으면 어떡하나 싶은 쓸데없는 걱정이 밀려왔습니다.

지는 그에게 전화를 걸었습니다. 새벽 4시 가까운 시간이었습니다. 대부분 깊은 잠에 빠져있을 시간이었죠. 벨 소리가 10번 울릴 때까지 전화를 받지 않으면 포기하고 그냥 떨어져 버려야겠다고 생각했습니다. 속으로 벨 소리를 세기 시작했습니다. 벨 소리가 다섯 번을 넘어 여섯 번째 울릴 때였습니다. 그 친구가 잠에 취한 목소리로 전화를 받았습니다.

"왜 형?"

"안 잤어?"

"아니 자다가 깼어. 이 새벽에 무슨 일이야, 오랜만이네."

"아, 그냥 목소리 듣고 싶어서."

"왜? 무슨 일 있어? 누나들이 또 힘들게 해?"

역시나 나에 대해 잘 알고 있는 사람이었습니다. 내 마음을 상대가 대신 말해주었습니다.

"아니, 그냥 만날 그렇지."

"하루 이틀이야, 누나들 옆에서 뭐라고 하는 거? 왜? 애들 때문에 뭐라고 해? 가게 장사 잘 안돼? 작은 누나 성격 내가 뻔히 아는데. 뭐 그거 가지고 이 새벽에 잠 못 자고 전화를 해. 뭐 마포대교에라도 갔어?

나는 듣고만 있는데 그가 내 속마음을 다 꿰뚫어 보고 있었습니다. '마포대교에라도 왔느냐'는 말에 나도 모르게 웃음이 새어나왔습니다.

"뭐야, 진짜야?"

"아니, 그냥 뭐 힘들어서."

"어디야? 형, 진짜 마포대교야?"

잠깐의 정적이 흐른 후 그 친구가 정색한 목소리로 나에게 욕을 했습니다.

"야, 이 새끼야. 너 그러려고 여태까지 버티고, 그러려고 커밍아 웃하고, 그러라고 내가 5년 동안이나 만나면서 내 20대를 너한테 다 바친 것 같아? 이 새벽에 마포대교 가 가지고, 아주 미쳤네. 네가 그런다고 내가, 세상이 알아줄 거 같아? 네가 거기 떨어져서 죽으면 너 시체라도 찾아서 울어줄 거 같아? 억울해서라도 난 절대 안 울어. 장례식에도 안가. 너 빨리 집에 안 들어가?"

내가 망설이자 그는 나를 더 혼냈습니다.

"네가 죽더라도 지금이 죽을 때야? 엊그제 김대중 대통령 서거하셔서 네가 죽어도 아무도 안 놀래. 너도 연예인인데 죽으면 최소한 네이버 검색어 1위를 일주일은 해야지. 네가 김대중 대통령을 이길 수 있을 거 같아? 당장 그만둬. 죽더라도 나중에 숙어."

"너 대단하다. 무당 해도 되겠어. 알았어. 걱정하지 마. 집에 들어갈게."

"들어가서 나한테 전화해. 안 그러면 나한테 죽어."

"알았어. 걱정하지 마. 정신 차렸어. 여기 마포대교 맞는데 안 죽을 테니까 걱정하지 마."

"진짜지? 알았어."

전화를 끊고 나자 정신이 번쩍 들었습니다. 내 마음을 알아주는 사람이 있으니 위로가 되었던 것 같았습니다. 시간이 지나 아침이 밝았습니다. 점차 주변 모습이 눈에 보이기 시작했습니다. 빠져서 죽으려고 한강을 내려다보니 세상에나, 흙탕물이더라고요. 며칠 전에 비가 와서 강물이 탁해져 있었습니다. 순간 '저 더러운 물에 빠졌으면 진짜 퉁퉁 불어터질 때까지 아무도 내 시체를 못 찾았겠다.'는 생각이 들었습니다. 후훗.

그제야 주변을 돌아봤지요. 저 멀리 모자 쓰고 열심히 운동하는 아줌마, 아저씨들이 보였습니다. 저들은 1분 1초 더 건강하게 살려고 이 아침에 운동하고 있는데 나는 지금 뭐 하고 있지? 지나가는 버스에는 일산에서 서울로 출근하는 사람들이 콩나물시루처럼 엉켜 있었습니다. '저 사람들은 돈 벌려고 이 새벽부터 출근하고 있는데 나는 지금 이게 힘들다고 이러고 있구나…' 이걸 딱 깨닫는 순간, 소변이 마려웠습니다. 담배와 함께 산 물 한 병을 담배를 피우면서 다 마셨던 겁니다. 화장실은 가고 싶은데 날은 점점 더 밝아오고 있었습니다. 요의는 점점 더 심해졌습니다.

'어? 어느 화장실로 가지? 집에 가자.'

저는 달리기 시작했습니다. 마포대교에서 공덕동까지 달리는데 도저히 참을 수 없더군요. 마침 어떤 회사 빌딩 1층 커피숍에서 오픈 준비를 하고 있었습니다. 저는 염치불구하고 문을 열고 들어가서 소리를 질렀습니다.

"아이스 아메리카노 한 잔요! 근데 화장실이 어디예요?"

"어? 홍석… 저기 뒤쪽이에요."

화장실에 다급하게 들어가서 소변을 보며, '아, 살 것 같다'는 말이 나도 모르게 입에서 나왔습니다. 조금 전까지 죽으려고 했던 사람이 고작 소변 좀 참았다고 '살 것 같다'고 하다니, 너무 우스웠습니다. 카페로 돌아와 커피값을 계산했습니다. 테라스에 나와서 커피를 한입 마시는데 이렇게 맛있는 커피는 또 처음이었습니다. 단순히 커피의 맛이 좋아서 그런 것은 아니었을 겁니다. 마음이 편하고 안정이 되니 사소한 것들까지 모두 좋아 보였습니다.

저승과 이승의 갈림길에서 발길을 돌려 집으로 돌아오면서, 길거리 가판대에서 복권을 한 장 샀습니다. 결과는 중요하지 않았고, 당첨 여부가 궁금하지도 않았습니다. 내가 삶을 새로 시작했고, 그 시작에 따른 기대 한 장 같은 것이었습니다.

이렇듯 저도 저승의 문턱에서 누군가의 만류 덕분에 살아 돌아온 경험이 있습니다. 그래서 늦은 밤 제게 연락을 해오는 사람들을 외면할 수가 없습니다. 알지도 못하는 사람들의 고민을 들어주는 것이 힘들지만, 내가 도움을 받은 만큼 누군가를 도울 수 있다면 언제든지 할 수 있는 일입니다.

천사가
다녀갔다

지금 저에게는 두 명의 누나가 있습니다. 하지만 7살 때까지만
해도 세 명의 누나가 있었습니다. 흔히 큰 딸은 살림 밑천이라고
합니다. 어려서부터 청소와 빨래를 하고 동생들을 돌보고, 성인이
된 후에도 부모 역할을 대신하기 때문입니다. 큰누나도 집안의
살림 밑천이었습니다. 바쁜 부모님을 대신해 집안 살림을 도맡아
했습니다.

큰누나가 고등학생이고 제가 초등학교에 입학하기 전, 바로 위
누나 둘이 놀러 나가면 집에 혼자 있을 때가 많았습니다. 그럴 때
면 큰누나를 기다리곤 했습니다. 큰누나가 집에 돌아오면 마치
엄마처럼 토닥여주고 따뜻한 밥상을 차려줬기 때문입니다.

전형적인 모범생이었던 큰누나는 천사처럼 선하고 따뜻했습니다. 누나를 떠올리면 입에서 살살 녹던 달콤한 초코파이가 떠오릅니다.

언젠가 함께 놀던 친구들이 집으로 돌아가고 혼자 동네 담벼락 옆에 앉아있었습니다. 집에 가봐야 아무도 없기 때문에 골목에서 가족들을 기다리고 있었습니다. 그때 큰누나가 나타나 손에 초코파이를 쥐여줬습니다

"우리 아기, 여기서 기다리고 있었네. 자, 먹어."

"우리 큰누나 최고다!"

제 모습이 지금도 생생합니다. 누나가 쥐여준 그 과자가 얼마나 달콤하고 맛있었는지 모릅니다. 이렇게 누나는 엄마처럼 '우리 아기'라고 부르며 살갑게 챙겨 주곤 했습니다. 돌이켜 생각하면 누나도 한참 맛있는 걸 먹고 싶을 학생에 지나지 않았습니다. 그런데 집으로 가져와 막냇동생에게 먹인 거죠.

골수암이었던 것으로 기억합니다. 암세포가 누나에게 찾아들었을 때 누나는 고작 열여덟 열아홉, 꽃 같은 나이였습니다. 그 어린 나이에 누나는 고생하는 부모님이 자기 때문에 걱정하실까 아프다는 말도 하지 않았다고 합니다. 그토록 속 깊은 사람이었

습니다.

더는 참을 수 없을 만큼 병색이 완연해졌을 때에야 누나는 병원에 입원했습니다. 병마는 이미 누나의 몸을 점령해서 치료할 수 없었고, 병원에서는 가망이 없다며 퇴원을 권했습니다. 병원에서 받아주지 않자 누나는 집에서 조금 떨어진 기도원에서 지냈습니다. 고통을 참으며 속 깊은 큰누나는 아마도 죽음을 기다렸을 겁니다.

지금도 기억이 생생한 어느 날, 교회에서 누나 위문 공연을 갔습니다. 저는 여자 파트너와 '갑돌이와 갑순이'를 부르며 춤을 췄습니다. 누나는 이불로 몸을 감싸고 앉아 아련한 눈으로 저를 지켜보았습니다. 그리고 "와, 우리 동생 너무 잘한다. 우리 아기 너무 잘한다!" 라고 감탄하며 손뼉을 쳐주었습니다. 수십 년이 지난 지금도 행복한 표정으로 손뼉 치던 그 장면이 잊히지 않습니다. 그것이 누나의 마지막 모습이었습니다.

그 후 어느 날 새벽, 누나가 집에 가고 싶다며 연락을 해왔습니다. 아버지는 택시를 타고 기도원에 있는 누나를 데리고 왔습니다. 그렇게 집으로 돌아온 날, 누나는 안심했다는 듯 부모님 곁에서 영원히 잠들었습니다. 죽음을 직감하고 마지막에는 가족과 함께 있고 싶었나 봅니다. 시끄러운 소리에 깨어나 보니 집에 사람들이 많이 와있었습니다. 울고 있는 사람들도 몇몇 있었습니다. 철부지였던 저는 사람들이 북적이는 게 좋아 웃고 떠들었습니다. 그런 저를 아무도 꾸중하지 않았고 표정은 오히려 애틋하기만 했습니다.

죽음이라는 게 어떤 의미인지 모르니 장례식은 신나는 날이었습니다. 맛있는 음식도 맘껏 먹을 수 있었고, 집에 사람들이 많이 왔으니까요. 사랑하는 큰누나와 작별한 날은 저에게 이리저리 뛰어다니며 마냥 신나고 즐거워했던 날로 남았습니다.

지금이라면, 그 천사 같던 누나에게 해줄 수 있는 모든 것을 다 해주었을 것입니다. 엄마는 지금도 때로 '천사가 왔다 갔다'며 그리워하시지요. 부모는 땅에 묻고 자식은 가슴에 묻는다고 합니다. 내 가슴 한구석에도 누나가 이토록 애잔한 모습으로 남아있는데, 천사 같은 딸을 가슴에 묻은 부모님 가슴은 얼마나 황량할까요….

#2

혼자 보다
여럿이라서
좋은

그들

중학교 때는 여자아이를 쫓아다닌 적이 있어요. 그런가 하면 저를 좋아하는 동성 친구도 있었지요. 성 정체성에 혼란을 가지게 된 건 그 이후였습니다.

제가 좋아하고 잘 따르던 형이 있었습니다. 여름에는 형이 타던 자전거 뒤에 매달려 냇가 상류로 올라가 수영을 하고 돌아오곤 했습니다. 그때는 제가 좋아하고 있다는 사실을 미처 깨닫지 못했어요. 형을 만나면 그저 행복하고 좋았습니다. '형이 참 좋은 사람이구나, 형이랑 있으면 행복하고, 재미있구나.'라고 느꼈던 막연한 감정이 아마, 동성을 처음 좋아한 경험인 거 같습니다.

커밍아웃 한 뒤에 정말 오랜만에 게이 클럽에 놀러 갔습니다. 마스크나 모자로 얼굴을 가리지 않고 정말 편하게 갔어요. 커밍아웃 후라 괜찮은지 안부 인사를 많이 들었고, 일상적인 대답이 오간 후 춤추는 무대로 들어갔습니다. 그때였습니다.

클럽의 조명들이 정신없이 돌아가다가 미러볼 불빛 하나가 어떤 사람 머리 위에서 뚝 떨어졌습니다. 그런 걸 보통 '운명'이라고 하죠. 저는 첫눈에 그에게 반하고 말았습니다.

클럽 사장님께 물었더니 포항에서 영어를 가르치는 미국인이라고 했어요.

시끄러운 노래가 울리는 와중에 다가가 귓속말로 인사했습니다. 그는 제게 "커밍아웃한 거 너무 용기 있는 일이야. 힘들겠지만 축하해!"라고 말했습니다. 축하한다니, 저로서는 상상도 해 보지 못한 말이었어요. 외국인의 개방적 사고가 실감 나더군요.

그날 저는 그와 술도 마시고 이야기도 나누며 친해졌습니다. 그리고 4년을 그와 연인으로 지냈어요. 그 애인 덕분에 〈아워 플레이스〉라는 가게도 탄생했습니다.

나의 첫 한국인 남자친구였던 사람도 오래 기억에 남습니다. 정말 특별한 사람이었습니다. 바이올린을 연주하는 사람이었는데, 소리가 높은 현악기를 다루는 만큼 성격도 예민했습니다. 그는 AB형의 말띠였습니다. 천방지축에 기분파인 사람이어서 힘들기도 했지만 지금 생각해보니 재미있는 에피소드도 많았습니다.

한 번은 아는 선배 형이랑 술 마시는 자리가 늦게까지 이어졌습니다. 그는 나보다 아홉 살 이나 어렸는데 화난 목소리로 전화해서 다짜고짜 "너 어디야? 왜 연락 안 해. 왜 안 와!" 하고 소리를 치는 거예요.

"너 어디야? 내가 거기로 당장 갈 테니까 그 앞으로 나와."

그는 만나자마자 잔소리를 했습니다.

"어우. 나 숨을 못 쉬겠어. 나 숨 좀 쉬게 해줘."라며 그 자리에 앉았습니다.

"뭘 숨을 못 쉬게 해! 누가! 차에 타!" 차 문을 열고 뒷자리에 탔더니 "내가 네 기사야? 앞으로 안 와?" 하며 고래고래 소리쳤습니다. 나는 아홉 살이나 더 어린 그 친구의 기세에 눌려서, 차에 탔던 기억이 납니다.

지금 생각하면 웃지만 미안한 것도 많았던 사람이네요. 저는 편했지만, 그 친구는 못하는 것들이 많았어요. 나의 애인들이 공통으로 갖게 되는 무게입니다. 저의 성 정체성은 사람들이 인정하든 인정하지 않던 모두 알고 있습니다. 그런 제 옆에 있으면 사람들이 묻습니다. 저야 애인이라고 당당하게 말하고 싶지만, 상대는 부담스러워하는 경우가 많습니다. 그런 이유로 스트레스가 많

긴 합니다. 그래도 외국인보다는 한국인이 편합니다. 언어 문제
뿐 아니라 연예인 직업에 대해 이해해주는 점도 다르니까요. '나
는 나 너는 너'인 외국 마음과 달리 배려해주는 점도 굉장히 다릅
니다. 이성을 사랑하는 사람들도 마찬가지겠지만, 사귀는 사람과
헤어지고 나면 보통의 사람보다 선택의 폭이 좁은 저는 '또 누군
가 와줄까?'하는 불안함이 있습니다.

나랑 놀자~
왁스야!

   친한 동생들에게 만만한 형, 좋은 오빠가 되고 싶습니다. 하지만 안타깝게도 이제 제 나이가 그리 만만하지 않은가 봐요. 얼마 전 가수 JYJ 재중이 생일파티에 가보니 새삼스럽게 나이가 실감 났어요. 또래 혹은 조금 어린 친구들이라고만 생각했는데, 초대된 사람들 나이를 보니 대부분 20대 후반에서 30대 초반 정도였습니다. 10살, 15살, 20살 차이가 나는 동생들인 거죠. 이제는 먼저 다가가지 않으면 후배들이 먼저 말 걸기도 불편한 연배가 된 겁니다.

   안타까워요. 몸은 나이를 먹는데 마음이 여전히 젊어, 그들과 자연스럽게 어울리고 싶으니 말입니다. 어른 대접 따위는 받고 싶

지 않습니다. 그저 편하게 이야기 나눌 수 있는 형, 오빠 정도만
돼도 좋겠습니다.

"뭐했어? 왜 전화 안 했어?"
"바쁘지? 이번에 드라마 잘 봤어."
"노래 좋았어. 안무 섹시하더라."
그렇다고 이렇게 말하는 게 단지 상대에게 다가가기 위해서만
은 아닙니다. 친한 동생들에 대한 저 만의 표현 방법입니다. 때와
장소에 맞게 이야기하고 춤추고 노래 부르고 웃으며 편하게 다
가가려고요.
그렇게 저는 누구에게든 어려운 사람으로 남고 싶지 않습니다.
무게 잡는 척해도 무게가 잡히는 사람도 아니거니와 왜 그렇게
해야 하는지 필요성을 못도 못 느끼거든요. ㅎㅎㅎㅎ

주변에서는 "너 정도 나이면, 너 정도 돈을 벌었으면 이렇게 해
야지"라고 하는데, 저는 제 모습대로, 마음대로 살고 싶습니다. 친
한 동생들에게 요즘 왜 연락을 안 하느냐고 하면, "형 너무 바쁜
거 같아서요." 혹은 "오빠 피곤하실 것 같아서요."라는 대답이 돌
아올 때가 많습니다. 배려해주는 마음은 알겠지만 그조차도 안
할 만큼 허물없는 사이가 되었으면 좋겠습니다.

역지사지(易地思之)라는 말이 있습니다. 동생들이 허물없이 연락하지 않아서 섭섭해지면 거꾸로 선배님들 생각을 하게 됩니다. 처지를 바꿔 생각해보면 저도 '바쁘실 텐데, 힘드실 텐데 내가 괜히 안부 인사 한답시고 시간 뺏는 것 아닐까?' 싶어 선배님들께 연락 못 할 때가 많습니다. 이렇게 상대가 부담스러워할까 봐 연락을 못 하는 입장들이 있습니다. 현재 활동을 중단하거나 슬럼프로 힘들어하고 있는 연예인 동생들, 동료들의 경우에는 더욱 그렇지요. 먼저 연락하기 어려운 사정임을 알기 때문에 먼저 연락하고 만나려고 노력해야겠죠.

누구나 힘들고 외롭고 지쳐있을 때 자신의 이야기를 들어주고 위로해줄 사람이 필요합니다. 저의 가장 큰 문제는 이런 친구가 별로 없다는 거예요. 힘든 것을 알아주고 좋지 않은 모습까지 털어놓고 이야기해도 상관없는 사람이 많지 않습니다. 많은 상담을 하고 소언을 하며 나른 이들의 휴지통 역할을 하는 저도, 힘들 때 이야기를 털어놓을 휴지통 같은 친구가 필요합니다. 가수 왁스는 그런 몇 없는 소중한 친구입니다. 왁스는 원래 저를 싫어했습니다. 왁스보다 가수 이기찬이 먼저 저와 친했어요. 기찬이가 제 레스토랑에 자주 놀러 오면서요. 한번은 기찬이가 왁스에게 "누나. 석천이 형 되게 괜찮은 사람이야"라고 말했다더군요. 그랬더니 왁스가 이랬대요.

"그 오빠 너무 번잡스럽고, 바쁘고, 주변에 사람이 많아서 싫어. 나는 그 오빠처럼 튀는 사람 싫어."

그러다 왁스의 생일날 기찬이와 함께 제 레스토랑에 식사하러 왔어요. 같이 도란도란 얘기를 나눴습니다. 〈화장을 고치고〉 〈부탁해요〉 등 왁스 노래를 워낙 좋아해서 친하게 지내고 싶었고요. 나중에 왁스가 말하기를, 제가 솔직하게 감정을 이야기하고 대화가 잘 통해서 선입견이 없어졌다더라고요.

그다음부터는 아주 빠른 속도로 친해졌습니다. 여행도 자주 가는 둘도 없는 단짝이 됐습니다. 벌써 7년은 더 된 것 같아요. 뭐라고 잔소리하는 친구도 왁스밖에 없습니다. 힘들다고 투덜대면 특유의 말투와 음색으로 말합니다.

"아니 오빠는 그 힘든 걸 오빠 스스로 즐기잖아. 누구한테 말해. 오빠가 만든 거잖아."

제 툴툴거림을 받아주는 것만으로도 너무 고맙습니다. 부모님 팔순잔치 때 청양까지 내려와 노래를 불러준 것도 왁스예요. 고민고민 하다 어렵게 부탁했는데 선뜻 그러겠다지 뭐예요.

아침부터 메이크업하고 직접 운전해서 청양까지 달려왔습니다. 얼마나 고마웠는지 몰라요.

부모님이 정말 좋아하셔서 뿌듯했습니다.

그러고 보니 우리 큰조카 결혼식 때 축가를 불러준 사람도 왔
스네요. 그녀도 벌써 나이 마흔이 넘어서 좋은 남자 만나 결혼해
야 하는데, 욕심 같아서는 결혼 안 했으면 싶습니다.

"가지 마라. 뭐가 좋다고 결혼을 하냐. 우리랑 놀자. 같이 늙자."

이렇게 말하면 소탈한 그 친구는 또 이렇게 받아칠 것입니다.

"싫다, 너나 늙어라."

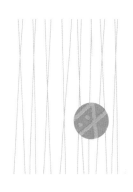

벌써 마흔하고도
7살

제게 가장 힘든 일은 무료함을 견디는 일입니다. 그게 가장 힘듭니다. 외로움하고는 다른 개념입니다. 안전한 것을 좋아하지만, 그렇다고 안전한 것만 추구하지 않습니다. 매장을 계속 내는 것도 그 이유 때문입니다.

준비하는 내내 스트레스에 시달리고 오픈하면 운영비를 걱정합니다. 그러다 자리 좀 잡히는가 싶을 때, 직원 중 누군가에게 운영을 맡깁니다. 그런 뒤에 또다시 새로운 콘셉트, 인테리어 메뉴 고민을 시작합니다. 저는 아마 10년 뒤에도 똑같이 반복하고 있을 거 같아요.

올해도 가게를 몇 개 오픈하려고 합니다. 타이 음식을 조금 더

대중화시킬 수 있는 시기라고 여겨지거든요. 첫 가게에서 실패한 루프탑을 이제는 한국에 적용할 수 있는 시기가 된 것 같습니다. 태국은 사시사철 날씨가 좋아서 루프탑이 굉장히 발달해 있습니다. 한국도 옥상 문화에 대해 호의적이니, 추운 겨울을 제외하고는 적용해볼 수 있을 것 같습니다.

연기학원에서 강의할 때였습니다. 20대 후반 연기 지망생들이 묻더군요.

"이제 와서 될까요? 너무 늦지 않았나요?"

"왜 안 되겠어? 꼭 20대 청춘스타가 되는 건 아니야. 나이에 맞는 역할을 하면 되는 거지. 청춘스타를 할 수 있는 시기를 놓쳤다면, 앞으로 할 수 있는 일에 대해 생각해야지."

다른 도전자들보다 나이가 조금 더 많으면 불안한 마음을 가질 수는 있지만, 불안해하지만 말고 도전해야 합니다. 도전해서 실패해도 괜찮습니다. 꽃 피는 시기는 꽃마다 다릅니다. 봄에 피는 꽃도 있고, 가을에 피는 꽃도 있고, 엄동설한에 피는 꽃도 있습니다.

인생의 가장 빛나는 시기는 서른을 넘겨야 오는 것 같아요. 청춘의 꽃이라면 20대라고 할 수도 있지만, 그때는 너무 모르는 게 많으니 실수투성이잖아요. 지금까지 깨닫고 배운 경험을 가지고

스무 살로 돌아가고 싶어요. 그러면 인생이 얼마나 많이 바뀔까요? ㅋㅋㅋㅋ

전 마흔에 들어설 때 충격을 크게 먹었어요. '내가 마흔이 되다니?' 저는 제게 마흔 살이 영원히, 절대로 안 올 줄 알았습니다. 벌써 마흔하고도 7년이 지났습니다.

그리고 저는 지금이 전성기입니다. 커밍아웃으로 잃어버린 시간으로 한창때가 조금 늦었나 봅니다. 이제야 비로소 인생의 꽃이 막 피려고 꿈틀대는 것 같습니다. 간혹 20대 중후반에 뭘 해야 하는지 모르겠다며 조급해하는 사람이 많습니다. 지금 보면 그 나잇대가 정말 한창때입니다. 그때 새로운 일을 시작해도 정말 늦지 않습니다. 조급한 마음이야 아직 저도 있으니 어쩔 수 없지만, 뭐든 할 수 있습니다. 정말 뭐든 말이죠.

사랑이란

저는 남자를 사랑합니다. 그래서 제가 하는 사랑은 조금 어렵지요. 세상의 보편적인 통념에 어긋나는 사랑이기에 모두에게 인정받기 힘들고, 내세우기 난처합니다. 당당하게 사랑하고 싶었고, 상대가 누구든 거짓 없이 진실한 사랑을 지켜가고 싶었습니다. 비난을 무릎 쓰고 커밍아웃한 이유도 그겁니다.

하지만 지금도 서로 아무리 좋아해도 문제가 모두 해결되지 않습니다. 아직 '게이'와 '레즈비언'은 질타를 받는 사회니까요. 저야 커밍아웃을 했다지만 상대는 밝히고 싶어 하지 않은 경우도 많습니다. 저야 친구에게 솔직하게 말할 수 있지만, 상대의 인간관계도 고려해야 하니 힘든 경우가 참 많아요. 정말 좋아하는 사람이었지만 그런 이유로 헤어져야 하는 경우가 있어요. 그럴 경우 상대도 저도 아플 수밖에 없습니다.

돈, 명예, 직업, 가족, 고향, 집, 자동차… 사람들이 추구하는 많은 것 중에서 없을 때 가장 힘든 게 뭘까요? 가치관에 따라 다르겠지만, 제게는 이 모든 것들이 하나의 단어로 연결된 것처럼 보입니다. 그건 사랑입니다. 사랑이 없으면 그 모든 것들은 허무하고 공허한 것에 지나지 않는 거로 보여요. 누군가를 사랑하는 사람은 가진 것 없어도 얼굴에 행복의 미소가 묻어납니다.

저라면 사랑이 없는 세상은 살아갈 가치가 없는 것 같아요. 만약 제 삶에 사랑이 빠지면 살 이유가 없는 것 같습니다. 사람은 누군가를, 무엇인가를 사랑할 때 살아갈 이 '생'에 집착이 생기죠. 제 경우는 가족과 친구에 대한 사랑뿐 아니라 연인에 대한 욕심도 크고 절실합니다. 아무리 돈을 많고 아무리 인기가 많아도 늘 외로운 게 삶 아닐까요? 그런데 사랑이 없디면 니무 외롭고 힘든 길이겠죠.

이성애건 동성애건, 사랑에는 답이 없습니다. 사랑은 늘 힘들지요. 사랑의 유통기한은 6개월이라고도 하고, 3년이라고도 합니다. 기간이 얼마가 됐건, 사랑은 영원하지 않다는 게 통설입니다.

그래서인지 한없이 좋다가도 더 좋은 사람이 나타나면 흔들리고, 사악하게도 더 좋은 사람을 찾아서 눈을 돌리기도 합니다. 마지막 사랑이라고 믿었던 사람이 스쳐 가는 사랑일 수도 있고, 사소한 일로 위기가 왔을 때는 문제를 해결하려다가 금세 지쳐 포기하는 경우도 많습니다. 다툼, 질투, 의심 등으로 헤어지고 나서 후회하는 경우 역시 많습니다.

내 마음은 그대로인데 상대의 마음은 멀어져서 이별을 당하는 것은 훨씬 힘든 일입니다. 어떤 사람들은 시간이 지나면 먼저 떠나간 사람이 더 힘들다고도 하지만, 내 사랑은 여전한데 상대가 떠나간 상황은 무슨 말로도 위로가 되지 않습니다.

떠나간 사람을 잊기 위해서는 서로 사랑했던 기간만큼의 고통스러운 시간이 필요합니다. 나 자신을 스스로 이해시켜야 하는 시간이 필요하기 때문입니다.

'내가 뭘 잘못했지? 내가 뭐가 부족했지? 내가 상대한테 무슨 실수를 했지?' 이런 질문들이 머릿속을 떠나지 않습니다. 못 먹는 술을 마시고 밤에 전화할까 말까 고민하고 집 앞에 찾아갈까 말까 고민의 연속입니다. 내 잘못이 아닌데도 상대가 더는 나를 사랑하지 않는다는데 어떻게 한단 말입니까.

머리로는 이해하지요. 정말 멋지게 놓아주는 게 필요하다는 사실을 말입니다. 사랑했던 사람을 거머리처럼 괴롭힐 수도 없지 않습니까?

그런데도 이별은 언제나 고통스럽습니다. 이별을 받아들이는 것은 시간이 지나고 경험이 쌓여도 역시나 힘들고요. 새로운 사람을 기다리는 시간도 필요하고 또 직접 찾아 나서기도 해야 합니다. 그러다 보면 어느새 내 마음속에 새로운 사랑이 싹트고 있음을 발견합니다. 그래서 사랑에는 답이 없지만, 재미는 있습니다.

오히려 상대를 사랑하지 않으면서 사랑하는 척하는 것만큼 끔찍한 일도 없습니다. 그건 상대를 위해서도, 그리고 나 자신을 위해서도 불행한 일입니다.

아이 때문에, 결혼을 유지해야 하는 사정 때문에, 심지어 타인을 의식해 이미 사랑은 끝났고 식었는데, 사랑하는 척해야 하는 건 너무 끔찍해요. 인생이 너무나 짧거든요.

20대 때 저는 사랑 지상주의였습니다.

사랑이면 모든 게 해결된다고 생각했습니다.

지나고 보니 이제는 아닌 것 같습니다.

사랑은 자동차와 같습니다.

사랑도 초보 운전처럼 미숙하게 시작하게 되니까요. 초보운전자가 이런저런 실수를 하는 것처럼 말이죠. 사랑도 그런 거 같아요. 능숙해지고 훈련이 되면 능수능란한 사랑꾼이 되는 겁니다. 자동차처럼 사랑도 좋은 상태로 지속하기 위해 노력도 해야 하죠. 아무리 비싸고 좋은 차를 가지고 있어도, 관리하지 않으면 얼마 못 가 망가질 겁니다. 액셀을 끝없이 밟듯 사랑도 불타오르지만 아껴주지 않고 관리하지 않으면 사랑도 훅 가버립니다.

더 웃긴 건 애지중지하던 차도 새로운 모델이 나오면 갈아타고 싶은 마음이 든다는 거죠.

그게 사랑입니다.

나보다 못한 차를 타고 있는 사람들은 내가 타고 있는 차마저 부러워하지만, 너무 오래 타면 성에 차지 않기 마련입니다. 그래서인지 지금까지 만나본 사람들을 돌이켜보면 비슷한 성향의 사람이 거의 없습니다. 비슷한 사람을 만나서 비슷하게 사랑하다가 비슷한 이유로 헤어지고 싶지 않기 때문입니다. 사람 관계가 마음먹은 대로 되지는 않지만, 각기 다른 매력을 가진 사람을 만나는 것이 저는 좋습니다.

내 안에 10만큼의 마음이 있다면 우정은 일곱까지 보여줄 수 있고, 사랑은 아홉까지 보일 수 있는 것 같습니다. 열을 다 보여줄 수 없는 것이 사랑입니다. 열을 다 내주면 상대는 벅차 숨을 못 쉴 것 같습니다. 하나를 남기지 않으면 나에 대한 신비감이나 궁금증이 사라지는 것 아닐까요?

모든 것을 오픈하는 것보다는 조금쯤 가려져 있을 때 훨씬 더 매력적입니다.

열을 다 준다는 건 그 자체가 나의 모습 전부일 테니, 더는 보여줄 게 없어지고, 상대 입장에서는 더 알고 싶은 게 없어집니다. 매력 없지요.

연인 관계에서는 배려가 굉장히 중요합니다. 사랑하는 연인이니 다 이해해줄 수 있을 것이라는 착각을 버려야 합니다. 그렇게 하지 않으면 상대는 지치게 되고, 나중에 '넌 너무 이기적이야.'라는 말을 듣게 됩니다.

어릴 때는 내가 좋아하는 사람을 찾았습니다. 상대방을 다 챙겨주었고, 그것이 즐겁고 행복했습니다. 그런데 지금은 나를 더 좋아해 주는 사람을 만나게 되는 것 같습니다. 물론 나도 좋아하는 감정이 있지만, 상대가 나를 더 좋아해 주는 관계, 상대가 나를 더 아껴주는 사람이 좋습니다. 저는 굉장히 많이 챙겨주고 퍼주는 스타일이라서 어찌 보면 제 사랑이 훨씬 커 보입니다. 하지만 결국 제가 기댈 사람, 나를 더 걱정해주고 나를 옆에서 편하게 챙겨주는 사람을 필요로 합니다.

지금의 남자친구도 제가 많이 챙기지만, 사실은 제 옆에 조용히 머물며 저를 많이 아끼고 배려해 주는 사람입니다. 사랑하면 똑같습니다. 저 역시 질투가 많습니다. 제가 사랑하는 사람은 저만 봐야 합니다. 사람을 많이 만나는 직업이라 나는 다른 사람들을 많이 볼 수밖에 없다고 변명하면서, 상대는 저만 봐야 한다고 투정합니다. 저는 모든 사람에게 사랑받아야 하면서 제 애인은 저한테만 사랑을 받아야 한다는 주의죠. ㅋㅋㅋㅋㅋ

이렇게 고집을 부리는데도, 지금의 남자친구는 그런 나를 용인해줍니다. 이런 그 사람 덕분에 저는 오늘도 행복합니다. 그도 나로 인해 행복했으면 좋겠습니다.

걱정인형,
홍석천

저는 어릴 때부터 걱정이 많았습니다. 비 오면 땅이 젖을까 걱정, 날이 좋으면 땅이 마를까 걱정, 하늘이 무너질까 걱정, 땅이 꺼질까 걱정, 그야말로 걱정 쟁이였죠. 온 세상일들을 걱정했던 것 같습니다. 그 어린 나이에도 우리 부모님이 오래 못 사시고 두 분 중 어느 한 분이라도 먼저 돌아가실까 봐 불안하고 무서웠으니까요.

특히 아버지 걱정을 많이 했습니다. 아버지는 제가 어릴 때부터 장사로 전국을 돌아다니셨어요. 그래서 아버지가 장사를 나갈 때마다 집으로 안전하게 돌아오시는 게 가장 큰 소망이었습니다. 어디서 혹시 사고를 당하지는 않을까? 오늘도 안전하게 집으로 돌아오실까? 힘들거나 어디 편찮은 곳은 없을까? 항상 애를 태웠습니다. 한 번은 아버지 차가 논두렁에 박힌 적이 있었습니다. 얼마나 놀랐는지 몰라요. 그렇게 크고 작은 사고들을 지켜보았기 때문에 더욱 노심초사했던 것 같습니다.

예전만큼은 아니지만, 부모님에 관한 한, 여전히 저는 걱정 쟁이입니다. 제가 큰 만큼 부모님은 늙으셨고, 그만큼 위험요인도 많아졌기 때문입니다. 지금은 많이 좋아졌지만 3년 전 겨울에 교회에 가던 엄마가 눈길에 미끄러지셨습니다. 뇌진탕을 진단받고 오랫동안 병원에서 치료를 받으셨어요. 부모님은 늘 제 걱정을 하시지만, 이제는 제가 지켜드려야 할 정도로 약해진 모습을 피부로 느낄 때가 많아 너무나 안타깝습니다.

부모님께서 구순, 백 세까지 장수하셨으면 좋겠습니다. 재작년에는 고향에서 팔순잔치를 제대로 해드렸어요. 제가 커밍아웃을 하고 집안 상황이 좋지 않아서 회갑연과 고희연을 제대로 못 챙겼는데, 이제는 어느 정도 안정을 찾아 크게 해드리는 게 마땅하다고 생각했거든요. 청양에 오랜만에 내려갔고, 온 동네 어르신들을 만났습니다. 어릴 때부터 알고 지내던 동네 어르신들이었습니다. 거의 30~40년 만에 만나 뵌 듯합니다. 친한 동네 분들이 모두 와서 축하해 주시더군요.

"아들 잘 둬서 두 분이 이렇게 복 받고, 건강하신 거예요."

여러 어르신의 덕담 한마디, 한마디가 듣기 좋았고, 부모님도 정말로 자랑스러워하고 좋아하셨습니다. 한편으로 마음이 놓이기도 했습니다. 동성애자 아들을 둔 부모님께서 다른 분들한테 어떤 평가를 받고 있을까 너무 두려웠거든요. 그런데 팔순잔치에 오신 분들이 석천이 장하다면서 살갑게 웃어주셨고, 그 미소에 마음속에 쌓였던 불안함이 녹아내렸습니다.

혼자 두려워하고 걱정했던 것들이 이제는 모두 없어졌습니다, 마치 봄 햇살에 눈이 녹아내리듯.

그래서 부모님 팔순잔치 날은 굉장히 특별하고 즐거운 추억으로 남아있습니다. 어머니, 아버지, 부디 오래오래 건강하게 사세요.

쉰 살쯤 되면
끊어야겠죠?

MBC 시트콤 〈남자 셋 여자 셋〉 촬영을 할 때였습니다. 함께 출연하던 연기자 동료들이 우르르 밖으로 나갔습니다. 촬영이 시작되기 전에 담배를 피러 나간 거예요. 무리 지어 나가는 모습을 보니 '나도 같이 어울리고 싶다'는 생각이 들었습니다. 그 무리에 끼어 연기에 대해 이야기도 하고 일상적인 대화도 하고 싶었어요. 하지만 당시 전 담배를 피우지 않았거든요. 오히려 담배를 피우지 않는 사람이 멀뚱멀뚱 같이 서 있으면 어색하고 민망했습니다.

간혹 담배를 피우는 무리 속에 감독님들도 계셨어요. 감독님들과 함께 있으면 연기에 대한 조언도 해주는데 저만 그런 기회를 놓치는 게 아닌가 하는 조급함이 느껴졌습니다. 고등학생 때 노는 친구들이 모여 담배를 배울 때, 부모님 생각에 호기심을 누르곤 했죠. 하지만 담배는 남자들 사이에서 일종의 동류의식을 갖게 해줍니다.

그러던 어느 날, 저도 드디어 담배 한 개비를 입에 물었습니다. 대학생 시절에도 배우지 않던 담배였어요. 그렇게 담배의 세계에 입문했습니다.

커밍아웃을 하고 본격적으로 담배를 피웠습니다. 2000년 서른 살에요. 커밍아웃 후에는 할 일이 없었습니다. 남아도는 시간만큼 생각은 많고, 점점 힘들고 지쳐갔습니다. 그렇다고 밖에 나가 친구 만나기도 어려웠습니다. 시청자와 사람들이 제게서 등을 돌렸으니까요.

친구들도 제게 연락하기 부담스러웠을 거고, 지인들에게 폐가 될까 먼저 연락하기도 부담스러웠습니다. 상황이 그렇다 보니 담배 피우는 일밖에 없었습니다.

술을 잘 마셨더라면 그때 알코올 중독자가 됐을 겁니다. 다행히 술은 못 마셔 연락되는 친구들을 집으로 불러들여 주야장청 담배를 피웠습니다. 재떨이에 담배꽁초가 쌓이고 하릴없이 담배만 피우고 있는 제 모습을 볼 때면 서글펐습니다. 어느 날은 담배

세 갑을 피우다 핑하고 어지러워 쓰러지기도 했습니다.

하루에 담배 세 갑이면 잠잘 시간과 먹는 시간을 제외하고 거의 줄담배를 태운 셈입니다. 지금 생각하면 어이없지만, 어지러워 쓰러질 만도 했습니다. 성인이라고 해도 니코틴을 40~60mg을 들이마시면 사망할 수 있는데, 이게 담배 3~6개비에 들어 있는 니코틴입니다. 물론 담배에 들어있는 것보다는 적게 우리 몸에 흡수되지만, 담배를 자주 피우면 구역질 같은 중독 증상이 나타날 수 있습니다. 더 많은 양이 단시간에 흡수되면 경련, 부정맥, 전신 근육마비, 호흡마비 등이 일어나고 사망하기도 합니다. 그때 제가 니코틴 중독으로 죽을 수도 있었던 셈입니다.

이렇게 흡연이 위험한데 그때 중독된 이후 아직 담배를 끊지 못하고 있습니다. 끊어야 하는데도 끊지 못하고 있으니, 내 딴에는 스트레스를 풀기 위해 담배를 피우는 것이라고 변명합니다. 그렇다고 담배 한 개비에 스트레스가 풀리는 것도 아닙니다. 물론 핑계인 걸 저도 알죠. 그러나 분명히 말할 수 있는 것은 혼자 있을 때는 담배를 피우지 않는다는 겁니다.

저는 담배가 소통을 위한 창구 중 하나라고 생각합니다. 서로에게 담뱃불을 붙여주며 담배를 피우는 그 순간만은 편하게 이야기할 수 있기 때문입니다.

"담배 한 대 피우자."라는 이 말은 단지 담배를 피우는 것만 아니라, "우리 얘기 좀 하자." "우리 잠깐 쉬자."라는 뜻임을 흡연자들은 격하게 공감할 겁니다.

하지만 역시 담배는 건강에 좋지 않습니다. 담배 연기를 맡는 주변 사람들에게도 피해를 줍니다. 그래서 해마다 '이번에는 담배를 꼭 끊자.'라는 목표를 혼자 정하지만, 아직은 잘 안 됩니다. 굳이 이유를 대자면 아마도 불안한 마음 때문일 겁니다.

걱정 쟁이인 저는 자신도 불안한 게 많고 고민이 많습니다. 그런데 달리 스트레스를 풀 방법이 없습니다. 다른 사람들처럼 술 마시고 클럽에 가서 늦게까지 놀며 스트레스를 풀자니, 이제는 체력이 받쳐주지 않고요. 그래서 지금은 이렇게 스스로 속삭이고 있습니다.

"쉰 살이 넘으면… 그때는 정말 끊어야 하지 않을까?"

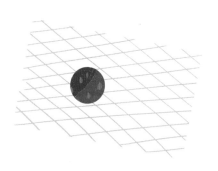

노는 물이
다르다

저는 시골 촌놈입니다. '개천에서 용 난다'는 말이 있습니다. 시골 촌놈이 대한민국 전역에 이름 알리고 건물 사고 열 개 넘는 레스토랑을 운영하고 있으니, 용까지는 아니라도 '청양에 있는 시냇물에서 난 홍석천' 정도 되는 셈입니다. 그런데 요즘은 '개천에서 용 난다'고 하면 세상 물정 모르는 소리 하지 말라고 합니다. 금수저는 금수저를 낳고 흙수저는 흙수저를 낳으며, 개천에서는 더는 용이 안 나온다는 겁니다.

하지만 저는 여전히 '개천에서 용 난다'는 걸 믿습니다. 개천에서 놀던 미꾸라지가 어떻게 용이 될 수 있을까요?

노는 물을 잘 고르면 됩니다. 그래서 저는 '어차피 놀 거라면 좋은 물에서 놀라'고 조언합니다. 좋은 물이 뭘까요?

내 꿈 분야에서 잘하고 있는 사람들과 노는 겁니다. 아는 사람이 없다고요? 용기를 내서 찾아가면 됩니다. 가만히 기다리면 절대 좋은 물로 못갑니다.

며칠 전, 어느 커플과 골목 어귀에서 마주쳤습니다. 남자애가 저를 보더니, "어? 홍석천이다!" 그러더군요. 그런 사람이 많으니 대수롭지 않았어요.

가볍게 인사를 하고 가게 쪽으로 걸었습니다. 그런데 뒤에서 아이가 달려왔습니다.

"어, 선배님 저 남대전고 나왔습니다."

고등학교 후배니 반가운 마음이 들더군요.

"아, 그래? 데이트 잘해라." 하고는 가려는데,

대뜸 "선배님, 저도 연기 공부하고 있습니다." 그러는 거예요.

"어 그래? 어디서?"

"저 지금은 대학교 시험 보고 결과 발표 기다리고 있습니다."

"연기 제대로 배워야하는데."

"네, 열심히 하고 있습니다."

"그럼 남는 시간에는 뭐하니?"

"저 신림동 근처에서 편의점 알바하려고 알아보려고요."

"알바 해야 해?"

"네."

"편의점에서 할 거야?"

"네."

"왜?"

배우를 한다는 아이가 편의점에서 무엇을 배울까 의구심이 들었습니다. 물론 사람마다 상황마다 모두 다르지만, 편의점에서는 여러 시간 일을 해도 사람들과 부딪치는 패턴이 비슷해서 연기에 도움이 될 것 같지 않았습니다.

"우리가게에 자리가 있을지 모르겠는데, 생각이 있으면 〈마이 스윗〉에 가서 커피 마시면서 매니저한테 일자리 있냐고 한번 물어봐."

그리고 그 친구는 바로 다음 날부터 저희 가게에서 아르바이트를 시작했습니다.

"너 다른 시간에는 연기 공부 열심히 해. 우리 가게 손님으로 오는 배우들, 감독님들, 작가님들 보면서 그 사람들이 대화하는 거 듣는 것도 공부다. 그 분들을 보면 열정이 점점 더 커질 거야. 현장에 있는 사람을 볼 수 있는 것만 해도 편의점 알바와는 다르지 않겠니? 같은 시간 알바를 하더라도 노는 물이 어디냐에 따라

너의 인생이 달라지니깐 잘 생각해봐."

속으로 왠지 뿌듯하더군요. 노는 물이 다르다는 건 이런 겁니다.

예를 들어 초밥 가게를 차리고 싶다면, 당연히 초밥을 제일 잘 만드는 집에서 설거지부터 배워야합니다. 그래야 도움이 됩니다. 같은 시간을 투자해도 이렇듯 다른 겁니다.

초밥을 배우고 싶은 사람이 당구장에서 아르바이트하고 있다면 별로 도움이 안 되겠지요. 물론 그 일을 하면서 배우는 것도 있겠지만 노는 물이 다른 겁니다. 당구장이 아니라 초밥집에서 놀아야 해요. 가고 싶은 길 근처에서 놀아야 성공 가능성이 높아집니다.

저는 홍대에서 놀았어요. 그 당시 〈명월관〉, 〈흐지부지〉, 〈스카〉 같은 홍대 클럽에 다니며 놀았습니다. 지금이나 그때나 홍대 클럽은 끼 많고 트렌디한 애들이 모여 노는 곳이었습니다. 거기서 '아, 저 애는 저런 에너지가 있네?', '저런 옷을 입고 다니네?', '머리카락 색이 저러네? 저게 요새 유행인가 봐.'라고 힐끔힐끔 배웠습니다.

사람에게 주어진 시간은 모두 같습니다. 그렇기 때문에 나와 관심거리를 공유할 수 있는 사람, 나보다 경험이 더 많은 사람들과 어울려야 합니다. 그래야 뭐라도 배울 수 있어요. 인맥, 지연, 학연, 혈연이 없어서 고민인가요? 아니에요. 그런 것들이라면 내가 찾아가서 만들면 됩니다. 내가 노력해서 만들 때라야 그때부터 내 것이 되는 거예요.

경리단길에서 만난 후배가 그냥 인사만 하고 갔다면, 아마 그 친구는 편의점에서 아르바이트하며 연기공부 하고 있겠죠. 하지만 용기를 가지고 연예계에 있는 제게 말을 걸어왔습니다. 그것마저도 큰 노력입니다. 그 말 한마디가 그 친구의 노는 물을 바꿨으니 말입니다.

저도 마찬가지고요. 5, 60번 떨어져도 다시 오디션을 다녔고 조그만 단역부터 시작했습니다. 영화 오디션장에서 만난 열정 가득한 신인배우들과 친해져 서로 정보를 공유했죠. 그러다 기회가 생기면 거기서부터 시작하게 되는 겁니다. 그렇게 열정적으로 사는 내 모습을 나보다 훨씬 앞서 있는 사람이 보고, "어? 쟤 되게 열심히 하는구나. 정말 열정적으로 하네. 도와주고 싶군."하는 거예요. 열정과 진심이 보이면 나를 끌어 주는 '물'도 생기기 마련입니다.

#3

세상에
나를 소리치던
그 때로

그 얼굴로 어떻게
밥 벌어 먹고 살래?

정우성 씨가 MBC 예능프로그램 〈무한도전〉에 출연했을 때, 박명수 씨가 이런 질문을 했습니다.

"잘생겨서 안 좋은 점이나 나쁜 점이 있어요?"

"아니요. 없어요. 다 좋아요."

정우성 씨의 대답을 듣고 너무 부러웠습니다. 정말로 잘 생겨서 안 좋은 점이 뭐가 있을까요… 만일 내가 정우성 씨나 조인성, 송중기처럼 잘생긴 얼굴로 태어났더라면, 더욱 일찍 데뷔해서 순탄한 길을 걸었을지도 모르겠습니다. 하지만 저는 그런 외모로 태어나지 못했고, 과거뿐만 아니라 지금도 참 힘든 삶을 살고 있습니다.

학창시절 저는 너무나 간절하게 연기자가 되고 싶었습니다. 공부는 열심히 한 덕에, 한양대학교 연극영화과에 진학하는 것까지는 어렵지 않았습니다. 하지만 오디션에는 번번이 떨어지곤 했어요. 오디션은 끼와 연기력에 더해 외모까지 필요했기 때문이죠.

대략 60번쯤 오디션을 봤는데, 한 번도 합격하지 못했어요. 공채 얼굴이 아니라고도 했습니다. 대체 공채 얼굴이라는 건 뭘까요?

그래요. 바로 '잘' 생긴 얼굴입니다. 간절히 연기하고 싶은데 외모 때문에 포기해야 한다니, 자괴감에 빠졌던 게 한두 번이 아닙니다. 반면에 잘생긴 얼굴이 필요 없는 개그맨 공채 시험에서는 1995년에 KBS(12기)와 SBS(4기)에 둘 다 합격해서 하나를 포기해야 했습니다. 한 마디로 배우 오디션에는 떨어지고 개그맨 오디션에는 합격하는 외모인 겁니다.

누군가 '다음 생이 있다면 지금 부모 밑에서 태어나겠냐'고 물으면 저는 잠시의 망설임도 없이 '그렇다.'고 할 겁니다. 하지만 외모만큼은 잘생긴 사람으로 태어나 한번 살아보고 싶습니다.

제가 떨어진 수많은 오디션 중에는 SBS 공채 연기자 오디션도 있습니다. 당시에는 소속사의 개념이 없어 연기자로 데뷔하려면 방송사 공채 오디션을 봐야 했습니다. 당시 오디션에 참여했을 때 어느 심사위원으로부터 충격적인 말을 들었습니다.

"야, 너 연기 하지 마!"

심사위원이 제 면전에 대고 한 말입니다. 당시 심사위원 중에는 우리 학교 선배가 드라마 PD 자격으로 심사하고 있었습니다.

"이 자리에 네 학교 선배도 있어. 알지? 학교 선배는 너한테 이런 이야기를 못 해줄 거야. 너는 연기 하지 마. 넌 안 돼. 네 얼굴로는 연기자 되더라도 배역 못 맡고 밥 굶기 딱 좋아."

저는 기억력이 좋지 않습니다. 그래서 제가 기억하고 있는 추억이나 사건들은 정말 즐거운 경험이거나 혹은 그 반대 경우입니다. 그런데 이 오디션 장면들은 너무 충격적인 기억이어서, 몇십 년이 지났어도 마치 사진을 찍어둔 것처럼 또렷하게 생각납니다.

오디션이 끝나고 저는 비상계단으로 달려가 엄청나게 울었어요. 눈물이 터져 나왔다고 하는 편이 맞을 거예요. 태어나서 처음으로 그렇게 서럽게 울었습니다. 울다가 지쳐본 사람은 알 겁니다. 너무 심하게 울면 명치가 아프다는 걸요. 명치가 아파서 똑바로 일어설 수 없을 정도로 울었습니다.

학창시절부터 나름 목표와 계획을 세우고 연기자의 꿈을 키웠습니다. 노력하면 꿈을 이룰 수 있다고 생각했기 때문에 연극영화과로 진학했고 열심히 연기 연습을 했습니다. 하지만 심사의원이 '넌 할 수 없다'고 단정 지으며 제 꿈을 꺾었습니다. 그것도 드라마 감독이 말입니다.

그때 누군가에게 울며 심사위원이 제게 한 말을 고자질했습니다. 그는 같이 분노하고 화를 내주더군요. 이문식 형이었던 것으로 기억합니다. 그렇게 누군가 제 말을 들어주며 공감을 해주자 조금 진정이 되었습니다. 눈물이 멈추자 온갖 생각이 들었습니다. 이대로 집으로 돌아갈 것인가, 기다릴 것인가? 고민하다 결심했습니다.

'그래, 오디션이 끝날 때까지 저 심사위원을 기다리자.'

마침내 오디션이 끝나고 심사위원들이 밖으로 나왔습니다. 저는 그분을 붙들고 물었습니다.

"죄송하지만, 감독님. 드리고 싶은 말이 있어서요. 아까 저한테 왜 연기하지 말라고 하셨는지 궁금합니다."

"배우는 아무나 하는 게 아니다."

그분의 말투는 단호했습니다.

"너는 공채 얼굴이 아니야. 이 얼굴로는 절대 배우로 성공하지 못해. 배우를 할 수 있는 얼굴이 아니야. 넌 연기하지 마라. 내 말이 섭섭하겠지만, 네 선배는 이런 이야기 못 해주니까 내가 하는 거다. 지금은 힘들더라도 나중에는 오히려 나한테 고마워할 수도 있어."

"배우의 길이 그렇게 힘든 겁니까?"

"선배 중에 그런 사람 많아. 하지 마."

더 이상 할 말이 없었습니다. 처참한 심경이었습니다. 또 눈물
이 나오려고 했지만 꾹 참고 인사했습니다.

"제가 열심히 해서 나중에 혹시라도 잘되면 찾아뵙고 인사드리
겠습니다."

노력하지 않은 것도 아니고 연기를 전공하며 극단에서 연습도
많이 했습니다. 물론 미숙한 실력이었을 겁니다. 그런데 가능성이
아예 없다고 말하다니.

단 2분도 안 되는 시간 동안 제 장점을 모두 볼 수는 없었을
겁니다. 오직 외모로만 판단했을 겁니다. 대화를 마치고 오는 길
에 이를 갈았습니다.

'어디 한번 두고 보자. 내가 나중에 잘 되고 말 테다. 당신의 드
라마에 캐스팅될 때까지 열심히 하겠다.'라고요.

이 정도 수모를 당했으면 포기하는 사람도 있을 것이고, 슬럼
프에 빠질 수도 있을 겁니다. 제 경우에는 그렇게 쉽게 꿈을 포기
할 마음이 없었습니다. 포기하는 순간 저는 실패한 사람이 되고

꿈이 없는 삶을 살게 될 테니까요. 포기는커녕, 거꾸로 오기를 가지고 '좋아, 될 때까지 하고 말겠어. 오늘부터 오디션이라는 오디션은 다 볼래!' 하고 마음을 먹었습니다. 바닥까지 떨어졌는데 뭘 못하랴 오기가 생겼죠. 심사위원에게 밥벌이조차 못 하니까 어서 포기하라는 말까지 들었으니, 더는 나쁜 평 듣는 일은 없을 터였습니다.

지금 생각해보면 공채 탤런트를 뽑는 심사위원이었기 때문에 그렇게 말할 수 있었던 것 같습니다. 당시 탤런트 공채시험에 합격한 사람들의 면면을 보면 지금까지 승승장구하는 선남선녀들이 대부분이니 말입니다.

그때까지만 해도 우리 학교에서는 방송사 공채에 붙은 사람이 없었습니다. 소위 공채 얼굴이 아니었던 모양입니다. 그래서 저와 같은 딜레마를 가진 사람이 많았습니다. 오죽하면 '한양대 연극영화과 애들은 공부는 잘하고 똑똑한데 인물이 없다.'는 이야기가 돌았나 봅니다.

그러다 동기, 선후배들이 한 명씩 데뷔를 해나갔습니다. 당시 함께 연습했던 분 중에는 권해효, 유오성, 이문식, 안내상 같은 대단한 분들이 많습니다.

연극, 영화, 뮤지컬, 드라마 등에는 다양한 캐릭터의 사람이 필요합니다. 모두가 잘생기고 모두가 주인공일 수는 없지 않습니까! 누군가는 저를 필요로 할 겁니다. 나와 맞는 시기가 있고 내가 필요한 작품이 있고, 나와 맞아떨어지는 역할이 분명 있을 겁니다. 여러분도 마찬가지일 테고요.

아무튼, 저는 용돈을 벌기 위해 대학로에서 티켓을 팔았고, 치열하게 연기 연습을 했습니다. 밥만 줘도 행복했던 시절이었습니다. 그렇게 버티던 저는, 어느 날 뮤지컬 오디션에 합격해 데뷔했습니다. 그때 그렇게 열정을 가지고 연기를 했기 때문에 지금의 홍석천이 있는 게 아닐까요?

하지만 여전히 잘 생긴 사람이 부럽습니다. 다음 생에는 아주 잘생긴 남자로 태어나 살아보고 싶습니다. 정우성, 송승헌, 원빈, 현빈처럼 말입니다. 정말 궁금합니다. 잘생긴 사람들의 인생과 기분은 도대체 어떨까요?

말이 씨가
된다면

가끔 도깨비방망이가 있었으면 싶습니다. 아니면 소원을 들어 주는 램프의 요정이 나타나서 소원을 물어보거나. 누군가 내 소 원을 들어주겠다고 하면 좋겠습니다. 그럼 저는 멋모르던 스무 살로 돌아가고 싶습니다. 그때로 돌아가 나에게 투자를 좀 더 하 고 싶습니다.

뮤지컬로 데뷔했지만, 노래를 제대로 배운 적이 없거든요. 그래 서 노래를 좀 제대로 배워보고 싶습니다. 그때 레슨을 받거나 전 문적으로 뮤지컬을 배웠더라면 지금 좀 더 자신 있게 무대에 설 수 있을 것 같습니다. 2, 3년 전까지도 뮤지컬을 1년에 한 작품 정도는 했는데 사실 그때마다 자신이 없었습니다. '나한테 투자를 했더라면 훨씬 더 좋은 모습을 보였을 텐데' 하는 아쉬움이 늘 있습니다.

학창시절 그림도 배우다 포기했습니다. 그림을 배우려면 레슨을 받지 않아도 재료비가 많이 필요했습니다. 살림이 넉넉하지 않아 부모님께 부담을 드리기 싫어 그만두었습니다. 지금은 나름의 보상으로 가게 인테리어를 할 때 미술적 감각을 맘껏 뽐내기도 합니다.

대학에서는 연기가 아닌 영화연출을 전공했습니다. 3학년에 올라가니 내가 작품을 찍어서 제출해야 했습니다. 대략적인 비용이 200만 원 정도 필요했습니다. 필름도 사야 하고, 현상도 해야 하고, 배우도 캐스팅해서 밥을 먹여야 하는데 돈이 없었습니다. 그래서 다른 친구의 영화에 조감독으로 스태프 일만 돕고 있었습니다. 그렇게 진로를 고민 중일 때, 은사님이신 최영인 교수님이 질문하셨습니다.

"너는 뭘 하고 싶니? 네가 진짜 하고 싶은 게 뭔지 난 모르겠다."

사실은 연기하고 싶은데 얼굴에 자신이 없으니 연기를 하겠다는 말을 못 했습니다. 그래서 영화 연출을 하고 있지만, 돈이 없어서 제대로 못 하고 있다는 실정이라고 털어놨습니다.

"저는 어떻게 해야 할지 모르겠어요. 교수님."

그랬더니 교수님이 대뜸 화를 내셨습니다.

"야 이 바보 같은 놈아. 너는 그런 생각이 있으면 진즉에 얘기해야지 왜 안 했냐. 네가 연기를 하고자 하면 내가 가르쳐 줄 텐데 만날 수업할 때 제일 앞 구석 자리에 앉아서 다른 사람 연기 배우는 것만 쳐다보고 앉아있고. 너는 언제 무대에 설래? 그리고 너 같은 애가 나중에는 조연으로 빛을 발할 날이 올 거다. 트렌드라는 게 바뀌잖아. 항상 잘생기고 멋지고 예쁜 애들만 방송사 공채가 되니, 곧 바뀌는 시간이 와! 조연배우들이 빛을 발할 때가 있어. 언제까지 60분짜리 드라마에 주인공 얼굴만 보냐. 그 옆에 있는 조연들이 얼마나 많이 받쳐 줘야 하는데! 드라마가 살고, 영화가 사는데 너도 네 몫 할 날 분명히 있어. 빛을 발할 날이 있으니까. 열심히 해 지금부터."

이후로는 교수님께 맞아가며 연기를 배웠습니다. 그렇게 오로지 연습으로 오디션을 봤습니다. 춤을 배운 적도 없고, 노래를 제대로 배운 적도 없지만, 떨어져도 다시 도전하는 열정과 끼를 보시고는 캐스팅해주셨습니다.

살다 보니 정말 기대하지도 않았던 사람들이 나타날 때가 있습니다. 황인례 감독님이 그렇고, 송병준 형도, 김수현 선생님도,

유철용 감독님도 그렇습니다. 그분들은 제가 가장 힘들 때 저를 캐스팅해 주시고 손 내밀어주신 분들입니다.

청년들에게 꿈이 뭐냐고 물어보면 얘기를 잘 못 합니다. 대개는 두루뭉술합니다. 대학교 때 선배 형이 단편 영화를 찍었는데 제목이 〈말이 씨가 된다면〉 이었습니다. 좋든 나쁘든, 무슨 말을 하면 잠시 뒤 그대로 이뤄지는 내용이었습니다. 정말로 말이 씨가 된다면 어떨까요? 무언가 얻으려면 일단 말부터 내뱉어야 되겠지요. 그래야 씨앗에서 싹이 나든, 씨앗이 썩어 문드러지든 뭔가가 이뤄질 테니까요.

자신을 내보이는 것을 두려워하지 않았으면 좋겠어요. 새로운 분야에 자신을 던지고 도전하는 것에 두려움이 없었으면 합니다. 시도도 해보지 않고 '내가? 나보다 잘하는 사람, 나보다 잘난 사람 많은데?' 라고 생각해 도전하지 않으면 아무도 알아주지 않습니다. 이쯤에서 제 경험을 이야기하는 게 도움이 될까요?

오디션에 관한 한 저만큼 통달한 사람도 드물 것 같습니다. 그 중에서도 MBC 공채 25기, 26기 탤런트 시험은 제게 많은 것을 주었어요. 요즘 하는 오디션 프로그램처럼 당시 공채는 공개방송으로 진행됐어요. 최종합격은 못 했어도 오디션 이후 감독님들이 단역으로 가끔 불러주셔서 출연 기회도 생겼습니다. 오디션에 수없이 떨어졌지만 창피하지 않았어요. 이제 와 생각하면 떨어지는 게 오히려 나았습니다. 다시 도전하면서 계속 배울 수 있었으니까요. 그렇게 오디션에 떨어진 후, MBC 〈임성훈입니다〉 프로그램에서 '오뚜기 인생'이라는 주제로 저를 취재했습니다. 오디션에 여러 번 떨어진 이야기가 주요 내용이었어요. 그러다 복도에서 송창의 감독님과 마주쳤어요. 당시 최고 시트콤 〈남자 셋 여자 셋〉 감독을 맡고 계셨죠. 그러자 함께 있던 취재팀이 송창의 감독님께 즉석 오디션을 제안하는 거예요. 저는 그 자리에서 있는 끼 없는 끼 전부 모아 즉석 연기를 했습니다.

"너, 내가 한번 부를게." 감독님의 멘트예요. 그리고 정말 연락이 왔습니다. 처음에는 홍경인 친구, 동네 깡패, 신동엽 친구 같은 카메오로 출연했어요. 그러다 의상실 디자이너 역할을 맡아 출연하게 됐죠. 지각한 이의정을 혼내는 장면이었습니다. 이의정은 애드리브가 뛰어난 배우였습니다. 저도 그 애드리브를 대비해 철저하게 준비했습니다. 촬영이 시작되자 역시나 이의정은 애드리브를 하기 시작했고 저도 받아쳤습니다. 하지만 감독님의 '컷' 사인이 나오지 않았습니다. 알고 보니 애드리브가 재미있어서 어떻게 하는지 계속해서 지켜보신 거였습니다. 2회를 모두 촬영했는데 촬영장의 소문이 담당 작가들에게 전해졌습니다.

"홍석천 쁘아송 캐릭터 되게 재밌다. 의정이랑 붙이니까 그림이 좋아."

2회 분량으로 끝날 카메오였습니다. 그런데 바로 다음 주부터 3-4일 방송 출연 분량의 대본이 나왔습니다. 이후에 의정이랑 콤비가 돼서 광고도 많이 찍었습니다.

이건 단지 배우 오디션에만 국한된 이야기는 아닙니다. 도전하고 싶은 분야가 있다면 미리 준비하고 있다가 기회가 왔을 때, 낚아야 합니다.

'기회의 신' 카이로스는 앞은 장발, 뒤는 민머리라고 합니다. 미리 준비하고 기회를 기다리는 사람은 카이로스의 앞머리를 잡아채 기회를 자신의 것으로 만들 수 있습니다. 하지만 미처 준비하지 못한 사람은 기회의 신이 곁을 스친 뒤에야 잡으려고 합니다. 그러나 민머리 카이로스의 뒷머리는 잡힐 세 없습니다.

누구나 인생에 세 번의 기회는 온다고 합니다. 미리 준비하고 기다리다 기회가 왔을 때, 곧바로 잡아봅시다.

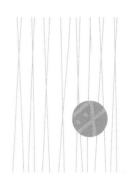

최선을 다해서
3등

어릴 때 저는 정말 열심히 공부했습니다. 할 수 있는 한 최선을 다했습니다. 공부가 좋고, 재미있어서 혹은 성공을 위해서 했던 건 전혀 아닙니다. 그저, 세 가지 이유 때문이었습니다.

첫 번째는 엄마의 활짝 웃는 모습이 보고 싶어서였습니다. 공부를 잘해서 우등상을 타가면 부모님이 정말 좋아하셨습니다. 특히 엄마가 환하게 웃으며 나를 기특해하는 모습이 보기 좋았습니다. 뿌듯했습니다. 그 모습을 보고 싶어서 더욱 열심히 했습니다. 공부라는 것은 열심히 하면 그만큼의 성과가 있었고, 그러니 사랑하는 엄마를 위해서 제가 할 수 있는 일이었기 때문입니다.

두 번째는 아버지가 무서워서였습니다. 반에서 1등을 못 하면 아버지에게 회초리를 맞았습니다. 아버지는 집 앞에 있던 무궁화 나무를 내게 직접 꺾어오라고 하셨습니다. 중학교 3학년 때까지 회초리를 맞은 기억이 있습니다. 나에게는 매를 맞는다는 것이 공포였습니다. 그 공포는 맞는 순간부터가 아니라 무궁화 나무 회초리를 꺾을 때부터, 아니 시험이 시작될 때부터 시작되었습니다. 그 공포에서 벗어날 수 있는 안전한 선택이 바로 공부였습니다. 그래서 성적표를 받는 날은 두려웠습니다. 고등학교는 대전으로 진학했는데, 첫 시험 등수가 반에서 18등이었습니다. 18등을 했으니 18대를 맞을 줄 알고 벌벌 떨었는데, 아버지는 더는 매를 들지 않았습니다. '아, 얘가 신동은 아니구나…' 하는 것을 깨달으셨던 것 같습니다. ㅎㅎㅎㅎ

세 번째는 또래 친구들에게 괴롭힘을 당하지 않기 위해서였습니다. 어려서 겉모습이 여리고 행동이 조심스러웠습니다. 여성스러웠다고 할까요? 그러니 학교에서 논다 하는 애들은 저를 괴롭혔습니다. 괴롭힘을 당하지 않으려면 반장을 해야 했습니다. 반장을 하면 선생님과 가까워질 수 있고 나름의 내 편을 만들 수 있기 때문입니다.

이런 여러 이유로 학창 시절에는 1등을 위해 노력했습니다. 덕분에 늘 1등은 아니라도 상위권을 유지할 수 있었습니다. 하지만 사실 저는 1등보다 3등이 더 좋습니다. 1등에 대한 꿈도 사실 없고요. 2등도 싫어요. 1등을 이겨야 한다는 2등만의 압박감 때문에요. 제 생각에 모든 3등은 뛰어납니다. 하지만 주변과 본인이 생각하는 기대치는 그리 높지 않죠. 정신적인 여유를 가질 수 있는 상위권, 그것이 바로 제게는 3등입니다.

저는 1등에 대한 강박과 걱정이 싫습니다. 가볍고 즐겁게, 그러나 뒤처지지는 않게. 그게 3등의 매력이죠. 그렇다고 3등이 그리 쉬운가요? 열심히 해야 하는 건 마찬가지죠. 그러나 이런 마음으로 살다 보면 2등도 할 수 있고 1등도 됩니다. 1, 2등이 컨디션이 좋지 않을 때 순위는 뒤바뀌는 것 아닌가요? ㅋㅋㅋㅋ

욕심을 부리면 삶이 행복하지 않습니다. 주객이 전도돼, 뭣 때문에 순위에 욕심을 부리는지 잊게 됩니다.

여행을 가도 3 전략은 큰 위력이 있습니다. 두 명이 여행하면 상대만 바라보게 되니 많이 싸웁니다. 싸우지 않아도 상대를 더 좋아하게 되는 경우보다 어떤 면에서든 조금 실망하게 되는 경우가 많습니다. 그런데 세 명이 함께 여행하면 두 명이 다퉈도 나머지 한 명이 중재를 합니다.

그래서 인생에 있어 제 전략은 '3·3'입니다. '3·3작전'은 3등을 좋아하는 심리와 같은 맥락입니다. 많은 인맥을 유지하고 많은 사람과 친해지려고 자신만의 시간을 좀먹는 것이 싫어 나온 작전입니다. '3·3작전'이란게 별것도 아닙니다. 방송생활을 하면서 방송 작가님 세 분, 감독님 세 분과 친밀하게 관계를 맺고 있으면 그 여섯 분만으로 제 연기자 인생이 탄탄대로라는 계산입니다.

드라마 작가, PD님들은 1년에 프로그램을 하나 정도, 많으면 2년에 3개씩 끌어가시거든요? 6개월 준비, 3개월 촬영으로 진행되는 경우가 많으니까요. 그러니 여섯 분과 돌아가면서 한 작품씩만 해도 밥 굶을 일은 없지 않겠어요? ㅎㅎㅎㅎㅎ

부침이 잦은 연예계에서 24년 동안 일해 왔습니다. 커밍아웃이라는 약점을 가지고도 오랫동안 일할 수 있는 비결은 바로 안전한 목표설정이었어요. 처음에는 톱스타도 되고 싶고 연기자로 발자국을 남기고도 싶었습니다.

그러다가 방향을 틀었습니다. '대중들에게 잊히지만 말자, 톱스타가 아니라 오랫동안 방송할 수 있는 사람이 되자.'라는 쪽으로요. 그러려면 꾸준해야 합니다. 방송 선배들을 보면 정점을 찍었다가 내려오거나 사라지는 분들이 많습니다.

'내가 할 수 있는 능력을 발휘해서 나만의 몫을 차지하자, 1등

이 되기 위해 노력하기보다는 그들 옆에 설 수 있는 사람이 되자'
고 결심했습니다. 연기, 예능, 강연, 뮤지컬 등 여러 방면에서 일하
면서 새로운 분야에 도전하고, 요리, 패션, 뷰티 등 내가 할 수 있
는 부분을 특화해 나가자는 게 제 전략입니다. 살벌한 연예계에
서 살아남을 수 있는 저만의 방법입니다. 여러분도 그런 전략이
있나요?

장사수완

제게 장사수완이라는 게 있다면 그건 아마 대학로에서 연극 티켓을 팔 때 생긴 게 아닐까 싶습니다. 대학 때는 돈도 없고 부모님께 용돈을 달래기도 어려운 형편이었죠. 연기 공부하는 친구들끼리 포스터를 붙이고 티켓을 팔아 그걸로 용돈 벌이를 했습니다.

지금도 그런지 모르지만, 당시는 대학로에 연극을 보러오는 사람에게 직접 팸플릿을 나눠주면서 현장에서 티켓을 팔았어요. 티켓을 파는 사람은 극단의 배우들이었습니다. 정말 많은 극단에서 나와 티켓을 팔았습니다. 한 명이라도 더 팔려고 붙잡고 혜화역 출구를 나오는 사람에게 너도 나도 홍보를 했습니다. 지나가는 커플들, 삼삼오오 모여 있는 사람들 무리에 다가가 '웃겨요. 빵빵 터집니다!' '진짜 재밌어요!' '싸게 해드릴게요' 같은 호객행위를 했어요. 너무 많은 사람이 호객하는 탓에 행인들이 짜증 내는 일도 빈번했습니다. 그래서 남다른 전략이 필요했어요.

"연극 보러 오셨어요?"라고 물으면 듣는 체도 안 했습니다. 그래서 말 거는 방법을 바꾸기로 했죠.

"제가 한양대 연극영화과 학생이고 대학로 배우예요. 궁금한 거 있으시면 제가 도와드릴까요?"

"두 분 데이트하세요? 고전 찾으세요? 아니면 코미디 보고 싶으세요? 저 뒷골목 가면 저급한 벗는 거 있는데 그거는 두 분한테 안 어울리니깐 보시지 마세요."

이렇게 설명해주면 슬며시 웃으며 볼만한 게 있는지 물어습니다.

"이 사람은 어느 극단이고 연기도 잘하고 유명해요. 셰익스피어 관련 연극도 있는데 오늘은 코미디가 보고 싶다고 하셨으니 이거, 이거, 이거 세 가지 중에서 보세요. 아주 인기 많고 재밌습니다."

그렇게 추천할 때 우리 극단 연극을 포함해서 추천했습니다.

"이 연극이 저희 선배님들이랑 저희 극단에서 하는 거예요. 이

따가 혹시 무대 시작하기 전에 제가 안내 인사 하거든요. 저랑 눈 마주치셔서 씽긋 인사해주시면…."

덧붙여 혹시 더 둘러보고 티켓을 사고 싶은 게 생기면 저를 찾아오라고 일러두는 겁니다. 할인가로 구매할 수 있게 소개해 준다는 말도 더해서요. 티켓을 팔면 한 장당 이천 원이 남았습니다. 그렇게 용돈을 벌었습니다. 무조건 내 것이 재미있다고 하기보다 경쟁 작품 소개와 함께 안내하며 신뢰를 얻은 셈이죠.

그렇게 열심히 번 돈으로 대학로 길거리 포장마차에서 떡볶이에 순대를 먹으며 연기 공부를 했습니다. 지금도 가끔 동숭아트센터 뒷골목 청국장에 보리밥 비벼 먹을 때가 생각납니다.

최고의 MC
유재석 옆의 옆자리

신동엽, 강호동, 김구라… 누가 봐도 우리나라 연예계 최고의 MC들입니다. 오랜 무명생활을 딛고 10년이 훨씬 넘도록 정상을 지키며 '유느님'이라 불리는 유재석은 더 말할 나위도 없습니다. 그들은 거의 한두 살 동생이거나 제 나이 또래입니다. 아나운서 시험을 봐서 입사한 게 아니라 개그맨에서 시작했다는 점도 비슷합니다. 그렇다면 저도 그들처럼 되고 싶다는 꿈 정도는 꿀 수 있습니다.

하지만 저는 절대 그들의 영역에 침범하고 싶은 생각이 없습니다. 저는 제게 주어진 능력치가 어느 정도인지 알고 있습니다. 물론 내게 그런 기회가 온다면 최선을 다할 겁니다. 하지만 억지로 그들의 위치에 도달하려고 시도하지 않습니다. 그들은 그들의 노력과 재능을 시청자에게 인정받았기에 메인 MC 자리에 있는 겁니다. 저는 그들의 옆에 앉아 그들이 쉬어갈 때 제 몫을 하는 것으로 충분히 만족합니다.

최고의 MC에게는 그들만이 가지고 있는 고민과 짐이 있습니다. 프로그램을 이끄는 수장으로서 책임감과 스트레스가 있습니다. 흔히 지위나 위치가 올라가면 돈을 많이 벌고 명예가 커지는 것만 생각하지만, 지위가 올라갈 때 비례해 느는 게 책임감입니다. 자신들의 위치가 중요한 만큼 책임감도 크죠. 그 무게를 이겨내지 못하면 우울증이 오고 공황장애가 오고 자칫 방심한 사이에 도덕적인 면에서 치명타를 입게 됩니다. 마약이나 도박, 음주운전, 성폭행 등 각종 물의를 일으키는 연예인들이 모두 인간성이 나빠서 그런 게 아닙니다. 자신에게 주어진 짐과 무게를 견뎌내지 못하고 탈출구를 찾다 그리된 겁니다.

만일 내가 메인 MC가 되려고 욕심을 부리면 망가질 수도 있다는 걸 저 스스로 알고 있습니다. 노력해서 되는 것이 있고 노력해도 안 되는 게 있습니다. 노력하는 것과 욕심부리는 건 분명 엄청난 차이가 있습니다. 노력하면 되는 것까지만 욕심내면서 분수껏 살아야 합니다. 그것이 행복해지는 지름길입니다.

메인 MC를 포기한 대신에 저는 유재석, 신동엽과 프로그램을 같이 할 수 있고 강호동, 김구라와도 함께 끼를 뽐낼 수 있습니다. 1등을 하려고 욕심을 내는 순간 방송이든 사업이든 즐겁지가 않습니다. 내가 좋아하는 것과 내 능력치, 목표치를 어디로, 얼마만큼 잡느냐가 중요한 모양입니다.

게다가 저는 다른 방면에 소질이 좀 있습니다. 그들과 다르게 방송과 더불어 사업을 하고 있지 않습니까? (후훗)

하지만 사업에서도 저는 늘 '분수껏' 만족합니다. 제가 운영하는 레스토랑을 대한민국 최고의 레스토랑으로 만들려는 꿈이 없습니다. 최고의 레스토랑을 만들려면 얼마나 많은 스트레스를 받아야 할까요? 최고의 셰프를 데려다가 최고의 서비스와 분위기를 만들어내야 하겠죠.

저는 저 자신을 '휴지통'에 비유했었습니다. 휴지통이라는 게 그래요. 비워야 채울 수 있고, 비운 만큼 채울 수 있습니다. 욕심을 버리는 순간, 그만큼의 새로운 아이디어와 즐거움이 생깁니다.

두려움 중에는 악역에 대한 걱정도 있습니다. 친한 감독님들과 작가님들께서 "우리 홍 배우, 악역 한 번 해봐."라는 말을 하시곤 합니다. 제 속에 분명히 악한 부분이 있습니다. 저도 그 사실을 잘 알고 있습니다. 하지만 악역이라는 새로운 캐릭터를 연기하는 건 망설여집니다. 내 안의 악한 모습을 끄집어내서 연기하고 싶은 마음도 있고 도전하고 싶은 마음도 있습니다. 하지만 새로운 내 모습이 두렵고, 대중들이 어떻게 받아들일지도 걱정이 됩니다. 그래서 악역 요청을 받으면 저는 소심하게 대답합니다.

"저는 그냥 제가 잘하는 거 지금처럼만 할게요."

제 아들딸인 조카들을 필리핀으로 유학 보낼 때도 걱정이 많았습니다. 처음에 얼마나 반대했는지 모릅니다. 아이들의 장래를 위해 보내는 것이 낫겠다고 결론 내렸을 때는 치안이 가장 좋다고 확실하게 검증된 곳을 찾아서 보냈습니다. 필리핀은 치안뿐만 아니라 태풍, 지진 등 자연재해까지 여러모로 걱정되었으니까요. 아이들의 엄마인 누나가 강하게 끌어주지 않았으면 끝까지 보내지 못했을 겁니다.

지금도 저는 혼자 있게 되면 불행하다고 느낍니다. 남들 눈에는 혼자서도 참 잘 놀 것 같은 사람인데 실은 그렇지 않습니다. 연인관계에서도 마찬가지입니다. 상대가 나를 질려 할 때까지 먼저 이별을 고하지 못합니다. 그동안 같이 있어 준 것이 고마워서 상대에게 나쁜 말을 못합니다. 굉장히 밝아 보여서 속된 말로 칠

렐레 팔렐레 다닐 것 같지만, 실상은 그렇지 않죠. 늘 밝은 제 모습은 겁쟁이란 걸 들키기 싫어서 만드는 일종의 방어수단입니다.

그래서 지금도 저에게는 '누군가' 필요합니다, 겁에 질려 언덕 밑에서 울던 나를 찾아온 할머니처럼. 뒤에서 밀며 앞으로 가라는 사람이든, 앞에서 이리로 오라며 끌어주는 사람이든, 나를 이끄는 '누군가'가 필요합니다. 걱정쟁이가 행복해지기 위해서지요.

무엇인가 얻고 싶다면, 그만큼 다른 것을 버려야 합니다. 채운 다음에 비우는 것이 아닙니다. 먼저 비워야 채울 수 있는 것이죠. 비우고 버리는 것, 그것이 바로 제가 즐겁고 행복하게 살아가는 비결입니다.

사대문 안에
집 하나를 갖는 일

제가 태어난 청양에는 대전에 있는 고등학교에 입학하는 것도 '유학 보낸다.'고 했습니다. 제 유학은 대전과 서울로 이어졌습니다. 한양대 연극영화과에 진학했고, 그렇게 시작된 열아홉 서울 살림은 만만치 않았습니다. 대전과 달라도 한참 다른 서울 생활은 세상에 너무나 많은 유리 벽이 존재를 알려주었습니다.

그즈음, 저는 꿈 하나를 새로 갖게 됐습니다. '서울 사대문 안에 내 집을 갖는 것'이었습니다. 어른들이 "사대문 안에 집 하나는 있어야 하지 않겠니?"라고 말하는 것을 들은 기억이 났기 때문입니다. 성공하고 싶었고 그 성공의 기준이 '사대문 안에 집을 갖는 것'이 된 겁니다.

사대문은 남대문, 동대문, 서대문인 돈의문, 북대문인 숙정문입니다. 그 안이라고 하면 조선 시대 궁궐과 정부부서·종묘 등이 있던, 지금으로 치면 종로구와 중구 일부 지역이 속하는 셈입니다. 사대문 안은 종로 부근이지만 강남이나 잠실, 용산, 이태원 등 더 발달하거나 매력적인 곳이 많습니다. 그래서 저는 사대문에서 조금 넓혀 '서울 시내에 내 집을 마련하는 것'으로 구체적인 목표를 바꿨습니다.

안타깝게도 저는 한참 잘 나가기 시작할 때 커밍아웃을 선언했습니다. 당연히 연기자로서 섭외가 뚝 끊겼고 먹고 살기 위해 요식업에 뛰어들었습니다. 그것조차 사람들이 외면해서 하루 3만 원대 매출에 멈춘 적이 많아 고전을 면하지 못했습니다. 다행히 세월이 지나면서 사람들의 시선이 바뀌고 제가 운영하는 가게들이 호평을 얻으며 매출이 뛰었습니다. 영업점도 많이 늘었고 부동산도 소유할 수 있게 됐습니다. '서울 시내에 내 집을 마련하자'는 꿈은 이룬 셈입니다.

최근 몇 년 사이에 귀농이 본격화되고 자연에서 사는 것이 도시인들의 로망이자 일종의 트렌드가 되었습니다. 연예인을 비롯한 많은 사람이 제주도나 경기 외곽지역에 땅을 사서 집을 짓고 전원생활을 시작했습니다. 몇몇 연예인들은 전원생활에 재미를 붙여서 방송에도 거의 나오지 않고 자연인으로서 행복한 삶을 즐기고 있습니다.

저는 의아했습니다. 아마도 제가 태어나고 자란 청양이 시골이기 때문일 겁니다. 청양에서 대전으로, 대전에서 서울로, 도시를 향해 움직여왔던 저로서는 이해하기 힘든 방향이었습니다. 만일 제가 공기 좋은 곳에서 살고 싶으면 고향 집으로 돌아가면 됩니다. 굳이 자연과 전원생활을 찾아 도시를 떠날 필요를 느끼지 못합니다. 저는 그저 서울에 땅을 사고 싶었습니다. 제가 운영하던 영업점이 장사가 잘되자 건물주가 임대료를 턱없이 올리곤 했기 때문에, 쫓겨날 걱정 없이 편안한 내 가게와 내 집을 갖고 싶었습니다.

'귀가 얇다'는 표현이 있습니다. 제 생각이 어떻든, 주변에서 이런저런 말을 하면 귀가 솔깃해지기 마련이죠. 실은 저도 주변 부추김과 제안에 제주도와 경기도 양평에 집을 보러 가기도 했어요. 좋았어요. 내가 나고 자란 청양과는 또 다른 자연이 있었거든요. 공기도 좋고 대지도 넓어서 살기 편할 거 같다는 생각이 들었습니다. 슬쩍 욕심이 나더군요.

하지만 제가 운전을 못 합니다. 운전면허증 자체가 없거든요. 방송 스케줄이 있어서 움직여야 할 때는 매니저들의 도움을 받습니다. 보통 사람들은 돈을 벌면 차부터 삽니다. 동료 연예인들도 그런 사례가 많고요. 수천만 원에서 수억 원씩 하는 자동차를 한 두 대가 아니라 여러 대 소유하고 있는 연예인들도 꽤 있습니다. 그래서 저는 제가 차에 사치를 부리게 될까 무서워 아예 면허를 따지 않았어요. 운전하면 차에 욕심이 생기겠지만, 아예 면허가 없으면 차를 살 생각을 하지 않으니 자의 반 타의 반 절약을 할 수밖에 없을 거 같았거든요.

최근에는 일 때문에 자동차가 필요해서 부득이 차를 샀지만, 여전히 면허는 없습니다. 면허를 따서 차를 몰고 다니면 돈을 모으지 못할 거라는 생각은 변함이 없습니다. 사람 일이라 100% 자신할 수는 없지만, 앞으로도 면허를 딸 계획을 하고 있지 않습니다. 지금도 스케줄이 없을 때는 가까운 거리는 걸어 다닙니다. 이태원 경리단길에서 사람들이 자주 저와 마주치게 되는 건 그 때문이에요. 먼 곳에 갈 때도 지하철이나 기차, 버스로 충분합니다. 사람들 속에서 사람들을 보며 사람들과 함께 이동하는 즐거움은 생각보다 짜릿합니다.

저는 요식업을 멈출 생각이 없습니다. 남에게 맡겨서 관리하고 돈을 벌려는 게 아니라 제가 직접 요리하는 즐거움을 포기할 생각이 없습니다. 한때 마음이 흔들려서 제주도와 경기도 외곽에

땅과 집을 본 뒤, 곧바로 운전면허가 떠오르더군요.

'보기는 좋지만 이렇게 뚝 떨어진 곳에서 살면서 가게에 가야 할 때는 어떻게 하지? 물론 매니저가 운전해줄 수도 있지만, 매니저가 없을 때는 어떻게 해야 하나? 집에 들어올 때는 택시를 타고 온다지만, 급하게 나갈 일이 있을 때는 콜택시를 불러야 하나?'

결국, 결론은 명쾌했습니다. 저는 서울에서 살아야 하는 사람이라는 거죠. 살다가 남들처럼 공기 좋은 곳, 물 맑은 곳에서 살고 싶으면 그 답 역시 명쾌합니다. 고향 집에 내려가면 되니까요. 그래서 저는 오늘도 복잡한 서울 도심에서 걷고 요리하고 사람들을 만납니다, 행복하게.

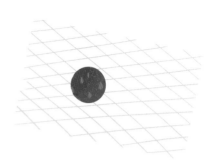

용산구청장
출마 선언

2016년 8월, 기자들과 함께 있는 자리에서 꿈을 이야기하다, "말이 씨가 된다면 어떤 걸 꿈꿔볼 수 있을까요?"라는 질문을 받았습니다.

"이태원에서 장사를 많이 하다 보니 이태원에 대해서 많이 알아요. 꿈은 누구나 꿀 수 있으니깐 50세가 넘으면 나중에 구청장 정도도 할 수 있지 않을까요? 지금은 구민들이 구청장이 누군지 이름도 잘 모르잖아요. 뭘 하는지도 모르고 그러지 않나요? 제가 구청장을 한다면 운영을 제대로 못 했을 때 누가 못했는지 알고 욕이라도 할 수 있잖아요. 그런 게 얼마나 중요한 거예요? 그러니 꿈은 꾸어도 되겠죠."

"재밌겠는데요?"

"아니에요. 사람들한테 욕 먹을까 봐 말을 못 하죠. 나중에 나이가 들면 이 동네에서 봉사하며 살아야죠."

그런데 이 말이 기사로 나갔습니다. 후에 방송에 출연했더니 MC 박소현이 "이태원에 홍석천 로드를 만드는 목적이 차기 용산 구청장을 노려서라는 말이 있던데요?"라고 묻더군요. 이태원에만 레스토랑이 11개 있던 때였으니, 이런저런 말끝에 나온 이야기였습니다. 제가 그게 아니라고 했는데 재미를 붙인 MC들이 "공천을 받을 수 있겠냐?"고 물었고, 그저 가볍게 생각하고 "공천 못 받으면 무소속이라도 나갈 수 있지 않나요? 이번이 아니면 다음에 나갈까 해요."라고 받아쳤습니다. 그러자 MC 김숙이 진짜냐고 묻더군요.

"50대엔 내가 뭐 하고 있을까를 생각하는데, 60대에는 동네를 위해 희생하는 것도 의미 있겠다는 생각도 들어요."라고 대답했습니다.

기사와 방송이 나간 후 난리가 났어요. 이태원, 하면 가장 먼저 떠오르는 인물이라 예능프로그램에서 그냥 한 이야기인데도 네티즌들이 진지하게 받아들인 겁니다. 결국, 온갖 욕을 다 얻어먹었어요. 다음날 일간스포츠에 "예능으로 한 이야기를 왜 다들 다

큐로 받아들이는지…"라는 내 말이 실렸지만, 사업과 시정은 다른 개념이니 건방지게 느낀 사람들의 비난은 한동안 사라지지 않았죠. 사람들은 주로 이런 반응을 보였습니다.

'네가 이제 구청장까지 하려고 하는구나. 송충이는 솔잎을 먹어라.', '미쳤구나. 구청장은 아무나 하는 거니?'

그런데 세상이 참 재미있습니다. 그렇게 욕먹고 지나간 일인데, 시간이 조금 지나니 처음에 욕하던 사람들이 제게 전화를 하기 시작했습니다. 그리고 그 이야기를 꺼내는 겁니다.

"정말로 용산구청장 출마하실 거예요? 안 하세요?"

동네에 있던 상인들도 그 이야기를 간혹 합니다. "홍 사장, 출마하면 내가 한 표 줄게."

처음에는 말도 안 되는 일이라고 비난했지만, 생각해볼 만큼의 시간이 지나자 사람들이 제가 그동안 지냈는지 살펴본 것 같아요. 그러다 보니 '어라? 홍석천이 해도 괜찮겠는데? 이 지역에 대해 알지도 못하는 다른 사람이 하는 것보다야 나을 수도 있지. 오래 살면서 지역사정도 잘 알고 애착도 있고… 얘, 할 수도 있겠는데? 아니 괜찮을 것 같은데?' 이런 식으로 생각이 더해갔나 봐요. 지금은 '언제 출마하느냐'면서 우스갯소리로 '우리가 밀어줄

게.'라고 하시는 겁니다.

제가 '정우성이 되겠습니다.' 혹은 '이정재가 되겠습니다.' 라고
말하면 그건 정말 허황한 꿈입니다. 잘 생긴 남자로 다시 태어나
살아보고 싶다는 열망은 있지만, 불가능한 꿈을 꾸지는 않습니
다. 실현 가능성이 0퍼센트라면 도전할 필요가 없죠. 0%의 가능
성에 도전하는 것은 도박이지 꿈을 향한 노력이 아닙니다. 그럴
나이도 지났고요.

저는 저로서, 그리고 제가 살아온 길을 보고 장차 실현 가능한
꿈을 꿉니다. 가능성이 1%라도 있어야 꿈이고, 가능성이 있다면
도전할 수 있지 않을까요? 지금도 '저는 다음 10년 안에 이루고
싶은 꿈이 뭐냐'고 물으면 '용산구청장'이라고 대답할 겁니다.

다만 실현 가능성이 낮을 뿐, ㅋㅋㅋ

아직도 용산구청장에 대한 꿈을 가지고 있습니다. 간절히 바라
면 꿈은 이루어진다는데, 용산구청장, 언젠가 내가 진짜 할 수도
있을까요?

심장을 뛰게 하는 욕심

얼마 전 뮤지컬 시상식에 다녀왔습니다. 시상식이 있던 날 오전에 만리동에 갔는데, 젊은 아티스트들이 공연을 하고 있었습니다. 예술가로서 그들의 이야기를 풋풋하고 재미있게 표현하고 있었습니다. 유명하지 않은 아티스트들이었습니다. 저도 20여 년 전에 그렇게 살았습니다. 스무 살의 홍석천이 생각나 마음이 찡했습니다. 순간 내가 '꿈을 잃고 사는 것이 아닌가' 뒤돌아보는 시간이 되었습니다.

시상식에서 후배들이 상을 받고 수상소감을 말하는 것을 보면서 저 자리에 오르고 싶다는 생각이 들었습니다. 상에 대한 욕심보다는 그만큼 인정받을 수 있는 자리가 아닌가 싶어서입니다. 되돌아보니 내 인생에는 저렇게 인정받으며 반짝거리는 순간이 없었습니다. 저는 어느 순간 현재에 만족하고 멈춰버린 것 같아요.

40대가 되면 배우로든, 예능인으로든, 사업가로든 조금 안정되고 싶다는 생각을 막연하게 했던 것 같습니다. 오로지 일만 생각했습니다. 커밍아웃 이후 한동안 일하지 못한 것에 보상심리가 컸지요. 그러면서 책임져야 할 부모님을 비롯한 내 가족들만을 생각했던 것 같습니다. 어느 순간 내가 더 뛰어야 되겠다는 생각, 더 뛰고 싶다는 강렬한 욕망이 솟구쳤습니다.

후배들을 보면서 더 나이 들기 전에, 힘이 없어서 못하기 전에 작은 역할이라도 뮤지컬 무대에 다시 서고 싶다는 생각을 들었습니다. 뮤지컬 제작자 대표님께 곧바로 전화를 걸어 오디션만이라도 보게 해달라고 졸랐습니다. 그 말을 하면서부터 흥분되는 뭔가가 느껴졌고, 참 오랜만에 무엇인가를 너무 하고 싶어 가슴이 뛰었습니다.

생이 네 번이면
뭐하겠수?

 철부지 시절, 선택이란 마음대로 골라잡을 수 있는 '기회'라고 생각했습니다. 하지만 어른이 되고 보니, 선택이란 택한 것 이외의 기회를 포기한다는 것이었고 그만큼의 책임이 따라오는 것이었습니다. 처음에는 애써 책임을 외면해보기도 했지만 선택에 따른 책임을 회피하거나 떠넘기면 안 된다는 것을 깨달았습니다.

 단순히 나이를 더 먹었다는 이유로, 혹은 얼굴에 주름이 더 있다는 이유로 젊은이들에게 어른 대접을 받으려고 해서는 안 되겠죠? 가르치려고 하거나 자기생각과 가치관을 강요하는 것도 어른의 도리는 아닙니다.

 '너 어떻게 살고 있니?', '너는 지금 잘살고 있니?', '너 혹시 지금 딴 길로 새고 있는 거 아니야?'라고 스스로 물었을 때 부끄럽지 않게 살아가는 것, 책임감 있게 사는 것이 어른으로서의 삶이라고 생각합니다.

얼마 전 종영된 드라마 「도깨비」에서 배웠습니다. 사람에게는 원래 네 번의 생이 있다는 걸요. 씨를 뿌리는 생, 뿌린 씨에 물을 주는 생, 물 준 씨를 수확하는 생, 수확한 것들을 쓰는 생이라네요. 생각해보면 이게 자연의 이치에도 맞는 것 같습니다. 봄·여름·가을·겨울, 생로병사(生老病死) 모두 마찬가지입니다. 봄에는 씨를 뿌리고 여름에는 씨앗이 자라 푸르러지고, 가을에는 수확하고, 겨울에는 가을에 거둬들인 것으로 사니까요.

하지만 이렇게 네 번의 생이 있은들 무슨 소용일까요? 앞선 삶을 기억하지 못하는 걸요. 앞선 삶을 기억하지 못하니 결국은 한 번 밖에 살지 못하는 셈입니다.

그런데 안타깝게도 한 번 뿐인 인생에 대해 생각조차 하지 않는 사람이 너무 많습니다. 나이가 들면 누구나 신체적으로는 어른이 되지만, 어른다운 어른이 되기는 결코 쉽지 않습니다. 최선을 다해 다음 세대를 위해 씨를 뿌리는 것, 그것이 바로 어른의 도리 아닐까요?

이제는
이태원 하면
홍석천 아니겠어?

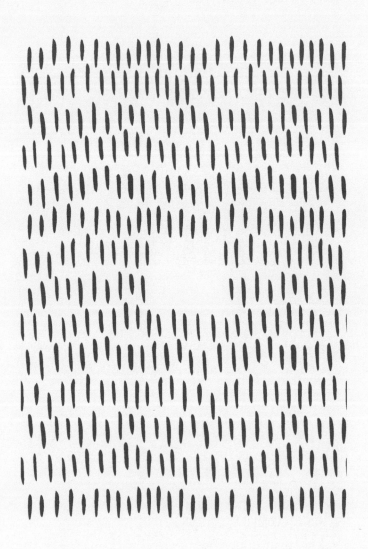

한 봉지 가득 채워
5천원

처음 이태원에서 레스토랑을 차리겠다고 했을 때 주변 사람들이 많이 말렸습니다. 지금처럼 상권이 발달하지도 않았고 어려운 점이 많았기 때문이죠. 하지만 제 생각대로 밀어붙인 것이 지금 생각하면 아주 잘한 결정이었습니다. 이제는 많은 사람이 이태원, 하면 '홍석천'을 떠올릴 정도가 되었으니 말입니다.

얼굴이 어느 정도 알려진 연예인이 요식업에 종사한다고 하면 사람들은 돈을 많이 벌거라 생각합니다. 물론 장사가 잘되었으니 그동안 돈을 많이 번 것도 사실입니다. 그러나 수입이 많은 만큼 지출도 많습니다. 가게의 작은 소품부터 인테리어, 가게 확장 등에 벌어들인 돈을 모두 투자한 상태거든요. 보통의 사업가적인 눈으로 보면 이해가 안 될 수도 있겠지요. 인테리어를 계속하고 가게를 넓히면 수익률이 떨어져 돈이 벌리지 않습니다.

하지만 메뉴든, 가게 분위기든, 다른 업체와 뭔가 다르게 꾸며 놓는 데서 즐거움을 느낍니다. 이런 청개구리 같은 스타일 때문에 고생은 더 많이 했지만 이만큼 성공할 수 있었다고 자부합니다. 지금의 나를 만들어준 건 이 청개구리 정신입니다.

예를 들어 삼겹살 가게를 시작했다면 지금보다 조금은 더 손쉽게 창업해서 훨씬 성공했을 수도 있습니다. 그런데도 낯선 태국음식점을 시작한 이유는 사람들에게 낯설고 남다른 걸주고 싶은 욕심 때문이었습니다. 태국 음식점을 개업하려고 준비할 때 정말 고생을 많이 했습니다. 태국 음식을 좋아하고 관심이 있었지만 좋아하는 것과 판매하는 건 엄연히 다르죠. 메뉴부터 재료까지, 모든 걸 다 알고 있어야 했어요. 우리나라는 물론 태국까지 직접 가서 발품 팔며 배우고 익힐 수밖에 없었습니다. 방콕에 가서 폭우를 맞기도 했고, 땡볕을 돌아다니느라 티셔츠가 온통 땀에 젖었다가 마르고, 다시 젖기를 반복했습니다.

태국 현지 재료를 싼 값에 사오기 위해 상인에게 깎아달라고 사정하는 건 기본중의 기본이었습니다.

바질과 비슷한 허브 과의 재료를 구매할 때였습니다. 한국에서도 살 수 있지만 현지와 10배 이상의 가격 차이가 나요. 한 봉지 가득 사 오면 3개월 정도 가게에서 사용할 수 있었습니다. 방콕 시장과 재료가게를 다니며 질 좋은 것으로 구매 했습니다. 그리고 최대한 부피를 줄여 한국으로 가져오기 위해 지금의 마이스윗 시우 매니저와 쇼핑몰 화장실에 들어가서 이파리를 손으로 다 떼어 냈습니다. 허브였기 때문에 냄새가 굉장히 심해서 화장실에 허브 냄새가 진동했죠. 밖에서 사람들이 태국어로 이야기하며 문을 두드리는데도 꾹 참고, 화장실에 앉아서 기어이 손질을 마쳤습니다.

허브 이파리를 다 따고 두둑하게 한 봉지가 차면 태국에서는 오천 원가량 필요합니다. 그런데 같은 양을 한국에서 사려면 10만 원이 필요해요. 단 몇만 원을 아끼려고 그 고생을 한 겁니다. 시우 매니저는 아직도 가끔 "석천이 형은 진짜 독해. 그걸 내가 같이 화장실에서 떼었던 것만 생각하면…"하며 그때 이야기를 하곤 합니다. 이렇게 고생했던 에피소드가 매우 많답니다.

그렇게 절약을 하고 나면 너무 행복합니다. 저는 돈의 가치를 어떻게 매기느냐에 따라 행복의 크기도 조금씩 달라진다고 생각해요. 옷도 마찬가지죠. 저는 아직도 동대문에서 옷을 사고 브랜드 옷일 경우에는 세일 기간을 적극 이용해요. 세일할 때 싸게 사면 훨씬 이득이죠. 옷은 한 해만 입는 게 아니니, 세일할 때 사서 계절이 돌아왔을 때 입으면 됩니다. 궁상맞다고 생각하는 사람도 있겠지만 이런 계산법이 저를 행복하게 하는 별종 같은 삶의 방식입니다.

저는 비싼 호텔 뷔페도 그다지 좋아하지 않아요. 제 입맛은 굉장히 대중적이고 고급스럽지 않거든요. 하얏트호텔에서 매년 연말 개최하는 프로그램에 친한 동생 안선영이 사회를 보았습니다. 제가 갔더니 선영이가 호텔 식사권을 주더군요. 무척 고마웠지만 결국 그 식사권은 다른 사람에게 주었습니다.

한 끼에 10만 원이라는 건 음식값에 분위기 값이 더해진 거거든요. 그래서 저는 스테이크가 먹고 싶을 때 부가세가 많이 붙는 비싼 호텔이 아니라 스테이크 잘하는 집에 갑니다. 가격대비 최상의 가치를 추구하고 그것이 삶의 철학이자 우리 가게의 철학입니다.

프랜차이즈 사업을 하자는 제안을 수없이 받았지만 아직은 결정하지 못했어요. 왜냐구요? 꼭 돈을 많이 벌기 위해 레스토랑을 운영하는 건 아니기 때문입니다. 새로운 콘셉트와 음식, 인테리어로 각기 다른 가게를 만드는 게 행복하거든요. 물론 돈을 벌기 위해 일하고 프랜차이즈가 가장 보편적으로 돈 많이 버는 방법이긴 해요. 결국 내가 즐겁고 행복한 일을 하면서 여유 있게 살아가되, 거기에 돈까지 더 벌면 좋은 것이겠죠.

이 별종 같은 삶이 앞으로도 지속될까요?

짐작건대 지금보다 더하면 더했지 덜하지는 않을 것 같습니다. 10년 후 오십 대 후반의 나이가 되면, 아마 더 많은 가게를 운영하고 더 많은 여행을 할 것 같습니다. 새로운 아이템, 새로운 물건, 새로운 음식, 새로운 것을 발견해내고, 세월만큼의 내공이 쌓여서 더 잘하고 있을 겁니다. 20년 후, 30년 후에도 저는 이런 식으로 다른 누가 하지 않는 일들을 기꺼이 하며 끊임없이 도전할 겁니다.

가게 10개,
고민 100개

우리 회사는 법인회사입니다. 그래서 가게마다 매니저가 있고
매니저를 관리하는 총괄 매니저가 있습니다. '회사-나-총괄 매니
저-매니저-캡틴' 이런 식으로 이루어져 있지요. 가게의 매니저들
은 오픈 때부터 일했던 사람을 비롯해 3~4년, 능력이 인정돼 빠
르게 승진한 친구들도 있습니다. 처음 창업한 가게 〈아워 플레이
스〉에서는 돈을 전혀 못 벌었어요. 오히려 모아 둔 돈까지 모두
썼죠. 이탈리안 요리를 바탕으로 퓨전 레스토랑이 하고 싶었어
요. 주방장을 구하기도 제일 쉽고, 피자, 파스타, 스테이크는 특별
히 싫어하는 사람이 없으니 잘 될 거 같았죠. 커밍아웃 뒤였지만
연예인이니 차려 놓으면 어느 정도 될 줄 알았죠.

아니더군요. 접근하기 쉬운 메뉴인 데다 다른 가게와 차별을 두지 못했어요. 이탈리아 현지 주방장을 데려오기 전까지는 특별하게 맛으로 승부도 못 볼 거 같더군요. 엘리베이터 없는 5층 꼭대기 층이었는데, 지금에서 인기 있는 루프탑이지만 오픈 당시에는 찾아오는 사람이 드물었습니다. 고민했습니다. 현지에서 주방장을 데려와 맛을 그대로 낼 수 있는 게 뭘까 하고요.

'그래. 태국 음식이 있었지. 내가 좋아하는 태국 음식을 해보자' 이게 시작이었어요. 내가 잘 알고 가까운 거리에 있으니 직접 방문하거나 재료 공수가 쉽겠다는 생각이 들었습니다.

처음 가게를 창업할 때는 하나부터 열까지 발로 뛰면서 배웠습니다. 단골집의 사장님께 물어보면서 몸으로 배우기도 했고요. 직접 해보니 보기보다 복잡하고 힘든 일이 많았습니다. 세금 문제, 재고 관리는 생각보다 까다롭고 중요했습니다. 재고 관리는 맡겨놓거나 확인을 제대로 하지 않으면 겉으로는 이익이 나는 듯해도 결국 밑지게 문제가 생겨요.

방송으로 번 돈을 레스토랑 투자에 쓴 일도 부지기수입니다. 방송은 특별히 투자할 게 없어요. 스타일리스트도 없고 옷도 직접 사니까요.

그런데 가게는 사시사철 직원들 인건비 챙겨야 하고 인상도 해

쥐야 합니다. 세금도 내야 하고 보험료에, 재료비 등 만만치가 않습니다. 솔직히 10곳의 가게 중에서 제대로 겨울을 날 수 있는 가게는 3곳밖에 없습니다. 나머지는 다 손해지요. 봄부터 가을까지 벌어서 겨울에 손해 본 것을 채우기도 합니다. 그러니 가게 한 개로 창업하는 창업자들은 더욱 힘들죠.

우선, 조급한 마음을 버려야 합니다. 고객들이 아직 잘 모르니 안되는 건 당연합니다. 요리 프로그램에 소개되지 않은 이상 말 그대로 대박 나기는 어려워요. 6개월에서 1년이 가장 힘듭니다. 요새는 3개월에서 9개월 안에 승부가 나지 않으면 메뉴나 인테리어를 바꾸든 혹은 가게를 접어야 합니다. 시간이 지날수록 손해가 적어지면 좋겠지만 계속 커지거나 답보상태라면 본인이 깨닫지 못하는 문제가 있는 겁니다. 처음 오게 된 손님이 두 번, 세 번 방문으로 이어지지 않는 것이죠. 단골이 생겨야 가게가 번창합니다.

작은 사업체 혹은 가게를 시작하려면 준비를 정말 많이 해야 합니다. 자금이 충분히 준비되어 있다고 해도요. 성공한 사람을 찾아가 배우는 건 정말 큰 도움이 됩니다. 아이디어가 있어도 실현할 수 있는 노하우가 필요하기 때문입니다. 직원들, 손님들과의 소통도 본인이 손님으로 있을 때와 사장으로 있을 때가 다릅니다. 대비하지 못하면 생각지도 못한 부분에서 문제가 생기기 마련이죠. 여러 음식을 먹는 것도 공부예요. 자주 방문해 눈도장을 찍으면 사장이라도 혹은 매니저라도 알아주지 않겠어요?

이때 '내가 이만저만한 가게 오픈을 준비하고 있다'고 의지를 말해보세요. 그러면 "뭐 좀 도와드릴까요?"라고 묻는 천사도 있을 거예요. 일단 직접 부딪혀 보는 게 중요합니다.

요식업은 여러 방면으로 공부가 필요해요. 직접 보고, 느끼고, 피부로 경험하는 게 큰 도움 될 때가 많아요. 저는 연예인이니 장점도, 단점도 많았습니다. 〈아워 플레이스〉 창업 때는 들어오다 저를 보고 게이 식당이라며 나가버리는 사람도 종종 있었습니다. 건물주와 말썽이 생기면 "연예인이 그러면 돼요?"라는 말로 자신의 의견을 관철했고요. 발언 수위도 조절해야 하고 그러다 피해 입는 경우가 정말 많았습니다.

그럼에도 불구하고, 이제 '홍석천'과 '홍석천의 가게들'은 나름대로 자리를 잡았습니다. 제가 느끼기에 지금은 저를 좋아하는 분이 싫어하는 분보다 훨씬 많은 거 같아요. 그러니 손님, 직원들, 사업 후배들 모두 나를 통해서 각자 희망을 품기를 바랍니다. 내가 꿈꾸는 사장의 모습은 수시로 바뀌었지만, 그 변화 속에서 절대 변하지 않은 바람입니다.

토끼와
거북이

　'토끼와 거북이' 이야기를 모르는 사람은 없을 겁니다. 얼마 전에 흥미로운 동영상을 하나 봤어요. 정말로 토끼와 거북이의 경주를 한 거예요. 10미터 정도 거리였어요. 저는 분명히 토끼가 이길 거로 생각했습니다. 100미터 정도면 동화처럼 토끼가 거북이를 무시하고 놀거나 쉴 수 있지만, 10미터 쯤이야 토끼가 몇 번 깡충깡충 뛰면 결승점에 도착할 테니까요.

　그런데 정말 희한하게도 토끼는 성큼성큼 뛰다 중간 정도 지점에 멈춰 서더니 주변을 휘휘 둘러보는 거예요. 토끼 주인은 결승선 앞에서 어서 오라고 바닥을 치면서 토끼를 불렀습니다. 한편 거북이는 말 그대로 앞만 보고 가더군요. 거짓말처럼 정말 거북이가 토끼를 이겼습니다.

제 레스토랑에도 토끼와 거북이 같은 매니저들이 있습니다.

〈마이 스위트〉을 총괄하는 시우 매니저는 감각이 정말 뛰어납니다.

시우와 저는 좋아하는 스타일이 다릅니다. 시우는 여행 가면 늦게까지 클럽 가서 놀고 여럿이 어울리는 걸 좋아합니다. 반면 저는 쉬며 여행을 즐기는 타입입니다. 밤늦게까지 놀면 다음 날 오전 시간은 늦잠으로 모두 쓰게 됩니다. 그 시간 저는 맛집을 찾아다니며 한국에 적용할 수 있는 아이템을 찾기에 바쁘죠. 개미와 베짱이 동화라면 베짱이 스타일이고, 토끼와 거북이 동화라면 거북인 거죠.

〈마이타이 차이나〉, 〈마이치치스〉를 맡은 동생은 거북이 같은 매니저입니다. 서른 가까이의 나이에 연기 학원에서 저를 처음 만났습니다. 이런저런 이야기 끝에 아르바이트 자리 필요하면 오라고 말해줬더니 진짜 찾아왔습니다. 저녁 타임은 5시부터 출근인데 아침 11시부터 나와 있었습니다.

"너 왜 11시에 오니?"

"같이 일하는 사람들이 다 동생들인데… 심지어 매니저까지 동생인데 저만 아무것도 모르고 있어서요."

일찍 나와서 어떤 메뉴가 있는지 이름도 외우고 술 종류를 익히더라고요. 무척 기특했습니다. 속으로 그런 태도가 얼마 동안 지속될지 궁금했습니다. 금방 지치고 변할 거로 생각했죠. 그런데 놀랍게도 그런 태도가 계속되더군요. 누가 보든 말든 상관없이요. 신뢰가 생기는 게 당연하죠. 지금은 두 개의 가게를 맡겼습니다. 매출이 제일 좋은 곳으로요.

하지만 이 친구는 감각이 정말 없습니다. 가끔 상의도 없이 인테리어를 바꿔 놓는데, 그게 유치하기 짝이 없습니다. 그가 감각까지 가지고 있으면 얼마나 좋을까요. ㅎㅎㅎㅎ

하지만 별 수 없습니다. 토끼는 토끼대로 거북이는 거북이대로, 각자 자신의 장점을 잘 살려서 세상을 살아가는 수밖에요.

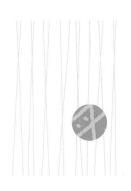

이제는 이태원 하면
홍석천 아니겠어?

'나는 어떤 사람인가?'

인생을 살면서 끝없이 고민하는 물음인 것 같습니다. 쉰 살을 바라보는 나이에 아직도 나는 내가 어떤 사람인지 궁금합니다. 내가 누구인지, 어떤 사람인지 명확하게 말할 수 있는 사람이 몇이나 될까요? 인생은 결국 나를 찾아가는 여정 아닐까요?

어렸을 때는 성공이 전부였습니다. 어떻게 해서든 빨리 성공해서 연기자로 자리 잡고 방송에 많이 출연하고 유명해지는 게 목표였습니다. 이름을 알려서 돈을 버는 게 성공이라고 생각했습니다. 남들은 제가 독신이기 때문에 버는 돈 풍족하게 쓰고 살아도 된다고 생각할지 모르지만, 저는 가장입니다. 가족을 부양해야 하니 정말 짠돌이 소리 들으며 아낍니다. 어찌 보면 미련할 정도로 절약하며 살았습니다. '소금하고 재판해서도 이길 놈'이라고 했습니다.

돈을 너무 안 쓴다고 했습니다. 그러면 번 돈이 모여야 하는데 사실 돈도 없습니다. 지출은 하지만 가게를 오픈 하거나, 가족이 필요하다고 할 때 씁니다. 그렇게 큰돈은 잘 쓰지만 미련할 정도로 푼돈을 아끼다 보니 '짠돌이' 소리를 듣습니다.

저를 위해 돈을 쓰지 않지만 보통의 젊은 친구들이 하는 고민을 저도 똑같이 했습니다. 다른 사람이 보게 될 여러 가지에 신경을 썼습니다. 직업, 명예, 통장 잔고나, 애인에게 줄 선물, 놀 거리 등이죠. 30대까지 그렇게 보낸 것 같습니다.

나이 마흔을 넘기면서 '나란 사람은 뭘까?'라는 물음이 확 와 닿았습니다. 나이가 들어가는 건지 철이 드는 건지 모르지만, 이렇게 사는 게 맞나 싶은 생각이 들었어요. 어떨 때는 정말 끝없이 정의에 불타오르는 투사의 모습을 보이다가, 어느 때는 섬세한 감정에 드라마나 다큐멘터리만 봐도 눈물이 흘러요. 레스토랑 사장으로서 같이 일하는 동생이나 직원한테 쓴소리 하며 무섭게 혼내기도 합니다.

최근 들어 혼자 고민하고, 혼자 생각하고, 혼자 있는 시간을 갖고 싶다는 생각이 간절합니다. 혼자 있는 시간에 외로움을 느끼고 불행하다고 느끼면서도 말입니다. 굉장히 이중적입니다. 내 고민을 들어달라고, 사업 조언을 해달라는 사람들 이야기를 많이 듣다 보니 결국 '나란 사람은 어디 있지?' 라는 고민이 생겨난 겁니다.

여전히 저는 '내가 정말 좋아하는 일을 하고 있을까? 내가 지금 잘하고 있는 걸까?'를 고민합니다. 그걸 알아야 내가 진짜 행복하게 살고 있다고 느낄 거 같기 때문입니다. 인생에 있어서 나란 사람에 대해 알아가는, 가장 중요하고도 어려운 일을 현재 하고 있는 것 같습니다.

이태원, 그중에서도 경리단길에 처음 오픈한 〈마이373〉은 제게 모험 같은 곳입니다. 가게 이름에서 어떤 가게인지 감이 잡히지 않습니다. 가게 위치도 경리단 메인 길이 아닌 옆길에서도 아주 끝에 있습니다. 이태원은 아직도 제게 새롭습니다. 방문하는 고객들 취향도 파악하지 못했습니다. 그래서 덮밥, 멕시칸 타코를 제공하는 실험적이고 열린 공간으로 만들어 놓았습니다.

〈마이 373〉은 스텔라와 콜라보해 오픈한 실험적인 가게입니다. 동업과는 다른 개념으로 제 아이디어와 다른 사람의 아이디어를 접목한 새로운 공간입니다.

혼자만 책임지는 것에서 벗어나 좋은 아이디어가 있다면 도움을 받고 또 돕기도 하며 경영하고 싶습니다. 내가 갖지 못한 걸 다른 사람이 가지고 있을 때 어떤 시너지가 나는지 스스로 확인하고 싶은 욕심이 듭니다.

〈마이스윗〉은 가장 아끼는 가게입니다. 제가 처음으로 산 건물이거든요. 매번 월세 걱정, 보증금 걱정하며 운영했는데 그럴 필요 없는 유일한 장소입니다.

진인사대천명(盡人事待天命)이라는 말이 있습니다. 사람이 최선을 다해서 노력했으면 나머지는 하늘의 뜻입니다. 장사가 잘 안된다고 마냥 짜증을 부릴 수만은 없습니다. 직원들 탓으로 돌릴 수 없는 문제입니다. 그러다 보니 집착에서 마음을 놓는 방법을 터득했습니다. 마음을 비우고 기다리면 문제가 해결돼 손익분기점을 넘기기 시작합니다.

저는 쪼잔하고, 소심하고 혼자서 걱정 다 하고, 한편으로는 담대하고 통 크게 포기할 줄 알고, 다시 또다시 일어서는 묘한 양면성을 가지고 있습니다. 사람들은 제가 돈을 굉장히 많이 번다고 생각하지만 절대 아니에요. 이건 겸손이 아닙니다. 10평, 20평대 가게를 여러 곳 운영하다 보면 이익이 나는 가게도 있고 전혀 그렇지 않은 곳도 있습니다. 이익이 생기는 가게에서 손해가 난 가게로 투자하는 실정입니다.

어떤 사람은 가게 하나 차려 한 달에 오천만 원이 넘게 수익을 올립니다. 100평짜리 커다란 회관 갈빗집, 패밀리 레스토랑, 뷔페는 더 많이 버는 곳도 있을 겁니다. 정말 부럽습니다. 저도 그렇게 하고 싶지요. 하지만 저는 100평짜리를 할 수 있는 능력이 안 됩니다. 제 가게의 평수는 20평, 30평짜리입니다. 그래서 열심히 일하고 한 달에 500만 원씩 남도록 운영합니다. 그렇게 10곳의 가게를 만들면 오천만원이 됩니다. 할 수 있는 능력의 끝을 계속 검증해가면서 작은 것을 이뤄내는 거죠.

나쁜 전략은 아니었던 것 같습니다. 처음 이태원에서 가게를 할 때는 낡고 슬럼화된 동네 이미지를 바꿔보자는 거였어요. 그런데 이제는 이태원 하면 홍석천, 이렇게 브랜딩 되었으니까요.

준비 좀 합시다!

꿈을 이루기 위해서는 준비로 충분한 시간을 투자하는 게 좋은 거 같아요. 급한 마음에 시간을 단축하려 애쓰다 어그러지는 경우를 많이 봤거든요. 서둘러서 만들어낸 결과는 마치 홍시와 연시처럼 다른 결과를 가져옵니다. 홍시와 연시 모두 빨갛고 말랑말랑해서 겉보기에는 비슷해요. 하지만 감을 미리 따서 인공으로 익힌 연시는 자연적으로 익은 홍시의 맛을 따라갈 수가 없지요. 욕심이 앞서 중간단계와 시간을 건너뛰면 결과물 어딘가에 하자가 있을 수밖에 없습니다.

얼마 전 제 가게 중 하나인 〈마이면〉에서 저녁을 먹었습니다.

가게에 갔더니 예전에 일하던 직원 두 명이 밥을 먹고 있었습니다. 그중 한 직원은 그만둘 때 좋지 않게 나갔고, 그 이후로 처음 본 날이었어요. 7년 가까이 제 밑에서 일했던 그 친구는 가게에서 일하다 여자 친구도 생겼죠. 그런데 어느 날 갑자기 공무원 시험을 준비한다며 일을 그만두겠다는 거예요. 부모님도, 여자 친구도 원하는 일이라고 했습니다. 공부 안 하던 아이가 갑자기 공무원 시험 준비한다니 당연히 걱정되었습니다. 몇 년씩 공부하고도 붙기 어려운 시험인데, 공부 안 하던 친구가 갑자기 시험 보는 건 다소 무리가 있어 보였어요.

"왜 준비를 해야 하니?"

"여자 친구랑 결혼할 거 생각해야죠. 안정된 직장 가지려면 공무원 시험을 봐야 해요."

"시험은 시험이고 너도 레스토랑에 대해서 많이 알게 되지 않았니? 조금만 더 일하면 형도 가만히 있는 사람 아냐. 새로 오픈하는 가게나 좋은 기회가 있어서 사업을 넓혔을 때 네가 할 수 있는 분야가 있지 않겠어? 좀 열심히 하자."라며 붙잡았습니다.

"공부는 얼마든지 해. 네가 한다는데 말리겠니. 대신 시간 남을 때 틈틈이 해. 절반은 가게에 나와서 월급 받으며 준비하는 게 어때. 지금 여자 친구를 얼마 동안 만날지 모르지만, 헤어질 수도

있어. 그러니 네 인생을 여자 친구가 원하는 방향으로만 하면 안
돼."라고 조언했고요.

그런데 끝내 매니저와도 문제를 일으키더니 함께 일하던 몇 명
의 직원들과 함께 일을 그만두었습니다. 여러 명의 직원이 한꺼번
에 빠져나갔기 때문에 당시에 조금 힘들었고, 어렵게 수습을 했었
습니다.

"잘 지내니? 시험 준비하는 거 어떻게 됐어?" 반가워 근황을 물
었더니 "계속 준비 중이죠."라는 풀죽은 대답이 돌아왔습니다. 시
험에 떨어졌다는 말이었어요.
"그때 여자 친구는 어떻게 지내? 잘 지내?"
"헤어졌어요."
"왜 그렇게 서로 좋아라고 하더니?"
"제가 가게 관두고 돈도 없고 그러니까 마음이 변했나 봐요."
지금은 제 가게 바로 앞 빵집에서 직원으로 일하고 있다고 했
습니다. 만일 그 친구가 끈기를 가지고 열심히 일했다면 빵집 종
업원보다는 나은 방향으로 달라지지 않았을까요?

가게를 운영하다 보면 직원들이 예기치 않게 그만두는 경우가

많습니다. 한 번은 다른 가게 매니저가 그만둔다고 했습니다. 이유를 물었더니 조금 쉬고 경찰공무원 시험을 보고 싶다고 했어요. 초창기 멤버 중의 하나여서 안타까웠습니다. 그런데 나중에 알고 보니 매니저와 그 전에서 일하던 직원 두 명이 〈마이스윗〉 뒷골목에 레스토랑을 차렸더군요. 한창 〈마이스윗〉 인테리어 공사를 하고 있을 때였습니다. 얼마 떨어지지 않은 곳에서 가게 오픈을 준비하고 있기에 물었습니다.

"여기에 뭐해?"

"애들이 해보자고 해서 같이 하기로 했어요."

"너네는 왜 이렇게 이야기를 안 하니? 이야기했으면 내가 더 좋은 자리 알고 있는 게 있었는데. 더 좋은 조건으로 콘셉트랑 분위기, 인테리어 도와줄 텐데."

나중에 얘기하려고 했다고 합니다. 그저 열심히 하라는 말과, 오며 가며 음식 팔아주는 일밖에 할 수 없었습니다. 하지만 그렇게 쉽게 시작한 장사가 잘되기란 어려운 일입니다. 아니나 다를까 셋이서 동업했는데 한 사람이 빠지고 둘이서 경영하다 1년 6개월 정도 지나 손해를 보고 가게를 넘겼답니다. 이렇게 함께 일하다 창업한 동생들은 참 많습니다. 하지만 창업하고 난 후에는 대부분 굉장히 힘들어합니다.

그중에 한 명은 다시 가게로 돌아왔고, 마이373 매니저가 되었습니다.

"아휴 그래. 다시 와라. 형 마침 경리단길에 가게 하나 오픈하니까 와라. 네가 한번 책임지고 해."하고 맡겼습니다.

저는 꿈이 없다고 말하는 사람 대부분 거짓말을 하고 있다고 생각합니다. 남들 보기에 터무니없어 보이는 꿈을 갖고 있어서 곧이곧대로 '내 꿈이 이거야'라고 이야기하기 창피한 것 아닐까? 터무니없어 보여도, '내 꿈은 억만장자가 되는 거야.'라고 말했을 때 주변 사람들이 할 수 있다고 응원해준다면, 누구나 자신의 꿈에 대해 떳떳하게 말할 수 있을 겁니다.

"넌 연기할 수 없어. 홍석천 넌 연기하면 밥 굶어." 같이 이딴 식으로 얘기하니까 말을 꺼낼 수조차 없게 되는 거 아니냐고요. 그러니 '내 꿈을 남들이 인정해 줄 리 없어…'라며 의기소침해지는 겁니다.

꿈이라는 건 그저 꿨다고 해서 결코 현실로 다가오지 않습니다. 누구나 다 아는 사실이겠지만 꿈을 꾸고, 그 꿈을 이루기 위해 계획을 세우고, 그 계획대로 한 스텝씩 실천해 나가는 건 정말 어렵습니다. 하지만 그렇게 해야 꿈을 이룰 수 있습니다. 창업을 준비해서 나간 동생들도 같은 맥락입니다. 잘되는 케이스도 있지만 안 되는 경우도 많습니다.

제 밑에서 일하던 동생 하나가 경리단길 활성화에 기여했던 초창기 사람입니다. 나와 5년을 일하고서 창업해 나갔습니다. 문제도 있었지만 친구들과 동업해서 가게를 계속 늘려갔습니다. 얼핏 보기에는 성공 가도를 달리는 것처럼 보였습니다. 그러나 한계에 부딪히자 고민을 털어 놓았습니다.

"형만 받아주시면 제가 언제든지 다시 들어갈게요. 제가 2인자 할게요."

저는 성선설보다 성악설을 지지하는 편입니다. 인간의 마음속에는 누구나 악한 본성이 잠재돼 있습니다. 그래서 남이 잘되면 축하하면서도 마음 한편에는 '그래도 내가 더 잘 되어야지'라는 마음이 있습니다. 그러니 저 역시 그런 순간에는 서운한 마음이 들기도 합니다. '다 나한테 배운 건데, 새 출발할 때 나한테 도움과 조언을 구했다면 더 많이 알려줄 텐데…' 하는 생각이 먼저 들지요.

동생들 입장에서는 그들 나름대로 함께 일하다 창업한다고 나가기 미안했을 겁니다. 그렇지만 어차피 할 거면 최선을 방법을 택했으면 좋겠습니다. 사업을 운영할 때는 여러 사람의 도움이 필요합니다. 그중에 가장 가까운 사람이 함께 일한 사람들이고요.

함께 성장하는
인간관계

지금 손에 들고 있는 스마트폰을 한번 들여다보세요. 카카오
톡이나 SNS로 관계를 맺고 있는 사람들이 몇 명이나 되나요? 주
소록에는 몇 명의 전화번호가 있나요? 많게는 수천 명에서 적게
는 수십 명까지, 우리는 상당히 많은 사람과 관계를 맺으며 살고
있습니다. 어떤 사람들은 인맥관리라는 이름으로 일부러 많은 사
람과 인연을 맺고 시간을 투자해 관계를 이어가기도 합니다.

하지만 보통은 연락처를 갖고 있는 것 뿐, 그들 모두와 깊은
관계를 맺고 있거나 친하게 지내는 사이는 아닙니다. 개인적인 연
락을 전혀 하지 않는 사람들부터 하루 종일 카톡이나 메신저로

대화하며 지내는 사람들까지, 다양한 인간관계가 있을 겁니다.

제 스마트폰 카카오톡 친구 목록을 보니 4,000여 명의 연락처가 있습니다. 이 정도면 상당히 친구가 많은 편에 속합니다. 물론 그중에 반은 기억나지 않는 사람들입니다. 나머지 2,000여 명 정도와는 가끔 연락하고 지내고, 그보다는 훨씬 적은 사람들이 거의 매일 혹은 자주 만나는 사람들입니다.

저에게는 사람을 버리지 못하는 병이 있습니다. 상대가 저를 버리지 않는 이상, 저는 늘 대기상태입니다. 그러다 보니 인간관계가 너무 힘듭니다. 시간이 지나고 경험이 쌓여도 나아지지 않아서, 오십을 바라보는 나이에도 여전히 힘들지요. 매일 연락하는 사람들은 사실 한정적입니다. 하지만 전화번호를 바꾸지 않기 때문에 몇 달 혹은 몇 년 만에 뜬금없이 연락해오는 사람도 있습니다. 저는 누구든지 상대가 연락하면 기꺼이 전화를 받거든요.

사회적으로 성공하고 인기를 가진 부자도 속마음을 털어놓을 수 있는 상대가 필요합니다. 그 상대는 말이 새어나갈 염려가 없고 공감해줄 줄 알아야 하며 무슨 말도 비난하지 않아야 합니다. 컴퓨터 화면에 있는 휴지통 같은 사람 말입니다.

사람들은 걱정이나 들키고 싶지 않은 비밀을 제게 말하곤 합니다. 헤어진 여자 친구나 남자친구에 대한 고민부터 신변잡기, 일간지에 나올 법한 큰 고민까지 다양한 이야기를 털어놓죠. 사실 제게 고민을 이야기한다고 문제가 해결되는 경우는 드뭅니다. 단지 대화 자체에서 위로받고 공감을 얻을 수 있는 것뿐입니다. 혹여 조언해 줄 수 있는 부분이 있으면 제가 아는 만큼 말해주고, 상대의 입장이 어떨지 같이 생각해 봐주는 것 정도가 전부니까요.

필요 없는 것, 지워버리고 싶은 것은 끌어다가 휴지통에 넣어버리는 것처럼, 홍석천이라는 휴지통에 버립니다. 속마음을 털어놓는 사람은 홀가분해지지만, 제 가슴 속 휴지통에 쓰레기가 가득 차면 굉장히 피곤해집니다. 하지만 스스로 이겨내는 일이 제 숙제인가 봅니다.

때때로 비밀 얘기를 들으면 "임금님 귀는 당나귀 귀!"라고 외치고 싶을 때도 있습니다. 누군가에게 그렇게 외쳐버리면 속이 후련해질까요? 그건 아닐 겁니다. 상대가 나를 믿고 털어놓은 이야기니까요. 문제는 휴지통을 깨끗이 비우는 방법을 아직 찾지 못했다는 겁니다. 나이가 들수록 많은 사연이 쌓이는 휴지통이 벅찹니다. 그래서 요즘은 거절의 표현을 조금씩 익히는 중입니다. 휴지통에 너무 많은 사연이 담기지 않게 하려고 말입니다.

때로는 사람들의 욕심이나 이기심 때문에 인간관계가 힘들 때도 있습니다. 제가 운영하는 영업점이 10개 정도라 가게 직원만 해도 대략 200명 가까이 됩니다. 그중에는 몇 개월 정도 아르바이트로 일하다 그만두는 이들도 있고, 정직원으로 입사해 몇 년을 일하다 매니저로 가게를 총괄 운영하는 사람도 있습니다.

제 레스토랑에 직원으로 들어오는 건 굉장히 쉽습니다. 그렇다고 쉽게 내보내지는 않습니다. 치명적인 하자가 있는 경우가 아니라면 잘하든 못하든 나갈 때까지 먼저 해고하지 않습니다. 못하는 사람은 가르쳐서 함께 이끌고 가자는 주의거든요.

"넌 여기하고 안 맞아. 넌 못해. 그렇게 해서 서빙 어떻게 하니. 그만둬." 라는 식으로 사람을 내보낸 적은 없습니다. 그 사람과 내가 인연이 있기 때문에 나에게 왔을 것이라 생각하기 때문입니다. 반대로 나가는 건 쉽습니다. 본인이 원한다면 말이죠. 그래서 저희 레스토랑에서 일하며 배우다 자기 사업을 시작한 경우는 매우 많습니다.

한번은 마이첼시에서 일을 배우기 시작했던 매니저 한 명과 셰프 한 명이 한꺼번에 그만뒀습니다. "왜 그만두니?" 물었더니 패션 일을 하고 싶다기에 그러라고 했습니다. 마음이 떠버린 사람은 붙잡아도 즐겁게 일할 수 없습니다. 하물며 본인이 하고 싶은 일을 하겠다는데 도움 주지는 못할망정 방해는 하지 말아야 한다고 생각했습니다. 그런데 그 친구들이 경리단길에 웬 테이블 식당을 차렸더라고요. 한마디 상의도 없이요. 어느 날 경리단길을 지나가다 우연히 보게 된 거죠.

"너 여기 오픈했니? 이렇게 조그마한데?"

가게 안을 들여다봤더니 주방장 아이가 마이첼시에서 일하던 아이였습니다.

"어? 너도 여기 있어? 그렇구나. 그래 신경 쓰지 말고 해. 그런데 왜 여기 다했어. 이렇게 작은 규모로 해서 돈이 벌릴까? 미리 이야기하지…."

말도 없이 바로 근처에 가게를 차렸기 때문에, 속으로 괘씸한 생각이 안 들었다면 거짓말입니다. 하지만 그런 생각은 잠깐이고, 돈을 벌기에는 규모가 너무 작아서 동종업계 선배로서 안타까운 마음이 들었습니다. 아니나 다를까 시간이 오래 지나지 않아 문을 닫았습니다. 나는 진심으로 마음이 아팠고, 그 친구들이 걱정됐습니다.

"형한테 미리 이야기했으면 도움 줄 수 있는 건 도와줬을 텐데. 사람이라는 게 그런 거지. 그렇게 뒤에서 몰래 해서 성공하면 좋지만, 이 바닥이 쉽지가 않아. 네가 준비가 안 되었는데 시작하면 어렵지 않겠니. 도전하는 것은 좋지만, 준비를 철저히 하고 시작하지 왜 서둘러서 실패를 하니…"

돈 버는 방법을 알면 직접 하고 싶은 것이 인지상정입니다. 그 마음을 충분히 이해하나, 이 친구들처럼 하지 않고 터놓고 의논하면 기꺼이 도와줄 사람이 생깁니다. 저 역시 나와 인연을 맺은 사람이 잘 돼서 좋은 관계로 발전하기를 원합니다. 동종 영업장 하나 더 생긴다고 반드시 손님을 빼기는 건 아닙니다. 시야를 넓히면 얼마든지 공존하며 윈윈할 수 있거든요. 설사 내가 조금 손해를 본다고 해도, 저라면 기꺼이 상대에게 도움을 줄 겁니다.

'당신 덕분에'라는 선한 영향력을 더욱 많은 사람과 주고받는 것이니까요.

역시, 한 걸음부터

14년째 레스토랑 일을 하는 게 저도 믿기지 않습니다. 레스토랑을 하나만 경영해도 힘든 일이 수백 가지인데 저는 지금 10곳을 관리하고 있으니 말입니다. 물론 가족들과 같이하고 있지만, 연예인이라는 직업 때문에 하나만 잘못해도 더 공격받고 질타를 받습니다.

한편으로 큰 그림을 그리다가도 굉장히 조심스럽기도 합니다. 책임지고 싶지만, 그냥 멀리 도망가고 싶은 마음도 있습니다. 그런 것들이 혼재되어 있습니다. 그때그때 길게 가는 것. 견디면서 길게 가는 게 아무래도 성공의 비결인 듯합니다.

요즘에는 아르바이트나 직장도 '여기서 한 1, 2년 경력 쌓고 더 좋은 곳으로 이직해야지.', '그래 실컷 떠들어. 난 여기서 얼마 안 있을 테니까.', '난 퇴직금 받고 곧 나갈 거야' 같은 마음으로 일하는 사람들이 많습니다.

다른 곳으로 이직하면 뭔가 달라질까요? 다른 일을 하면 어려움이 없을까요? 아닙니다. 어디서든 견디고 버티는 일은 굉장히 중요합니다. 끈기를 기르는 일이니까요.

일에서 행복을 찾으려고 노력하고, 그 행복을 즐길 줄 알고, 그렇게 크고 작은 고비들을 넘기는 건 너무 중요한 일입니다. 본인 스스로 자신을 테스트하고 만족감을 찾아본 다음, 직장을 옮겨도 옮겨야 합니다. 끈기는 방송이든, 사업이든, 일이든, 직업이든, 공부든 어느 분야에서든 모두 적용됩니다.

물론 정말 하루하루 버티기조차 싫고 힘들면 얘기는 달라지겠죠. 내 능력치가 아니다 싶을 때는 빨리 포기하는 법도 필요합니다. 하지만 '가능성이 있는데?', '잘하고 있어.' 같은 평가라도 진지하게 생각해보는 일이 필요합니다. 다른 일, 다른 곳을 계속 기웃거리는 건 성공을 꿈꾸는 사람의 자세가 아닙니다.

'헬조선'이라는 말을 많이들 합니다. 저는 그게 이해가 안 되니다. 물론 단편적으로 상황을 들여다보면 그럴 수도 있습니다. 그렇지만 어차피 한국 사람으로 태어나지 않았나요? 태어났는데 환경이 이렇다고 그냥 포기하고 불평하고만 있을 건가요? 몇 번의 부딪치는 벽을 넘지 못하고 '아 한국 너무 불공평해. 난 못해. 떠나야겠어.' 이런 태도라면, 외국은 더 많은 벽이 있을 텐데 그걸 견뎌낼 수 있을까요?

다방면으로 문제가 생길 겁니다. 인종차별도 있을 거고 법적인 문제도 한국과 달라서 힘들 테고 기본적으로 언어도 완벽하지 않습니다. 낯설어서 인맥도 없을 겁니다. 지금보다 더 힘든 건 당연지사죠. 외국에서 성공한 사람은 정말 어렵게 성공한 사람들입니다.

스스로 변화도 해보지 않은 상태에서 헬조선이라고 명명해버리니까 사실은 더 힘들게 되는 것 같아요. 저도 한때 한국을 떠나 살겠다고 생각했었습니다. 그러니 그들 마음 충분히 이해합니다. 커밍아웃을 전에 성 소수자를 인정해주는 선진국에 가서 살아야겠다는 생각 안 해봤을 리 없죠. 하지만 저는 생각을 조금 바꿨습니다.

'여기서 버텨보자, 여기서 싸워보자. 아무도 안 싸우고 도망가니까 나라도 한번 싸워보고 조금이라도 인식을 바꿔보자. 연예인이라는 직업 있고, 이름 알려진 사람이니까 내가 할 수 있는 부분에서 한 번 해보자.' 이렇게 생각했습니다. 결국, 시간이 많이 필요했지만 어쨌든 17년 전과 비교하면 성 소수자에 대한 인식이 많이 바뀌었습니다.

우리나라도 변화해야 할 것이 많습니다. 그런 것들을 '내가 한번 바꿔보자'라고 생각하는 게 중요한 일입니다. 환경 탓만 하지 말고 그 환경과 관습에서 전해 내려오는 불공평한 것들을 바꿔보는 시도 말입니다. '선후배 대에서 내려오는 나쁜 것들이 있으면, 여기 내 대에서 끊어 볼 수 있지 않을까? 내가 한번 좋은 샘플링을 만들어보지 뭐. 상사가 나를 힘들게 하고 괴롭힌다고? 그러면 반대로 내가 내 후배에게는 잘해줘야 하겠네. 똑같이 굴면 발전이 없으니까.' 이렇게 하면 천천히 조금씩 뭔가 달라지겠지요.

우리나라 남자들에게는 군대 문화가 사회생활에서도 남아있습니다. 윗사람이 아랫사람을 짓누르고 괴롭히는 경우가 정말 많습니다. 내가 상사한테 맞았으면 후임이 들어오면 때리면 안 되는데 맞은 것보다 더 때리는 사람들이 있습니다.

예전에는 구급차가 지나가도 비켜주지 않았습니다. 그런데 이제는 서로 양보하면서 어떻게든 자리를 마련해주려고 노력합니다. 대단한 발전입니다. 사람들의 인식이 바뀌기까지 몇십 년의 시간이 걸렸지만, 어느 한 포인트가 달라지면 세상이 바뀌는 거죠. 그 가능성에 도전하는 게 진정한 도전입니다. 여러 가지 형편만 생각하고 힘들다고 불평하고 이런 나라에서는 못 산다고 좌절하는 젊은이들은 되게 못난이처럼 보여요.

가끔은 좀 화를 내고 싶을 때도 있습니다. 우리나라 청년실업이 문제가 되고 있지만 저는 레스토랑 직원 구하기가 정말 힘듭니다. 내 주변 상인들도 마찬가지입니다. 일 할 사람을 못 구해서 힘들어합니다. 월급을 인상해줘도 마찬가지예요. 이해 안 되는 구조 아닌가요? 그런데 한 편에서는 취업이 안 된다고 합니다. 이게 무슨 이야기인가요? 처음부터 아무것도 모르는 사람한테 월급 300만 원씩 주면서 일을 시킬 수는 없습니다. 출발은 작게 하지만 열심히 하면 빨리 올라갈 수 있습니다. 그런데 그런 생각과 노력, 인내를 다들 하지 않으려고 합니다. '천릿길도 한 걸음부터'라는 말을 명심했으면 좋겠어요.

#5

밀알이
되어

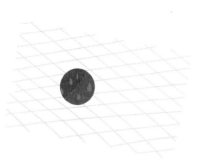

제발 내 아들 좀
어떻게 해주세요

연예계 유일한 동성애자인 덕분에, 전혀 모르는 사람들의 상담
도 하게 됩니다. 제게 상담을 요청하는 사람들은 제각기 아픈 사
연을 가지고 있습니다. 그래서 저는 기꺼이 그들의 이야기를 듣습
니다.

어느 날, 고등학생 아들을 둔 아버지라고 자신을 소개한 분이
가게로 연락을 해왔습니다. 그리고 자신 아들이 게이라고 했습니
다. 본인이 아버지인데도 이걸 어떻게 해야 할지 몰라서 무작정
제게 연락해봤다고 하더군요. 가족 중 한 명이 동성애자라는 걸
알게 될 때, 가족들 충격은 이루 말할 수 없거든요.

그 아버지는 분명 지푸라기라도 잡는 심정으로 전화했을 겁니다. 본인의 친구 중 정신과 병원 원장 있어서 상담도 해보았다고 합니다. 친구는 "그런 성 정체성을 가진 아이들이 있습니다. 남의 자식이 아니고 본인 자식의 문제여서 당황스럽겠지만 인정해줄 것은 인정해줘야 합니다. 다만 아직 청소년이기 때문에 확실하게 정체성이 확립된 것이 아니니 두고 보아야 합니다. 그리고 아이가 삐뚤어지지 않게 옆에서 잘 도와줘야 합니다."라고 말했다고 합니다.

저는 그 아버지를 직접 만나 이야기를 나눴습니다. 그분은 철두철미했습니다. 아들이 핸드폰으로 누구랑 연락하는지, 언제 어디서 만났는지를 다 알아보았다고 했습니다. 심지어 상대를 찾아가 "우리 아들 왜 만났어. 만나서 무슨 짓 했어?"라며 따지고 뒷조사를 했다고 합니다.

저는 그 아버지의 그런 행동을 말렸습니다. 그리고 아들과 함께 와서 이야기하자고 했습니다. 비록 저와 아무런 관계없는 사람이지만, 제게 주어진 소임이 있다고 믿었기 때문입니다.

얼마 후 가족이 모두 이태원 〈마이 스윗〉까지 왔습니다. 그런데 아버지로부터 전화가 먼저 왔습니다. 아들이 차에서 내리지 않는다는 거예요.

아이는 무척 당황하고 있었습니다. 자신의 성 정체성을 부모님이 알고 있다는 사실도 놀라운데 저까지 만나 이야기를 나누

자고 했으니 말입니다.

차로 아이를 데리러 갔습니다. 그리고 가게로 돌아와 넷이 마주 앉아 편하게 이야기했습니다. 아들의 솔직한 마음도 듣고, 부모님이 걱정하시는 것까지 모두 들었습니다. 이후 저는 아들에게 조심해야 할 것들을 가르쳐주었습니다. 인터넷을 통해 10대 아이들을 성적 노리개로 생각하는 30-40대 사람들을 만나는 것이 얼마나 위험한지 말하고, 절대 그들을 만나지 말라고 당부했습니다. 지금 그렇게 사람들을 만나는 것보다 진학에 대해 신경 쓰라고 했습니다. 어른이 된 후에 성 정체성을 확실하게 인지한 후 마음껏 놀아도 된다고 말해주었습니다. 물론 힘들어하시지만, 부모님 역시 아들을 이해하려고 노력하는 중이라고 했습니다.

가게에서 아주머니 한 분이 저를 2시간 넘게 기다리고 계신다는 연락을 받은 적도 있었어요. 연락처를 모르니 가게로 무작정 찾아온 것이 분명했습니다. 가끔 그런 분들이 있습니다. 스케줄을 마치고 가게로 가 보니, 처음 보는 분이었습니다. 아이 때문에 고민스러워 제주도에서 왔다고 하시더군요.

제주도에서 수재로 유명한 자기 아들이 커밍아웃했다고 합니다. 얼마나 고민스러울지 짐작이 가고도 남는 일이었습니다. 아들이 서울의 명문대를 다니고 있는데, 말도 안 되는 일이라면서 어떻게 해야 할지 모르겠다고 했습니다. 아들이 자신에게만 이야기 했는데 남편에게는 얘기도 못 했다면서 정신병원에 보내야 하는 것 아니냐고 하시더군요. 아들과 싸우고 혼내도 변하지 않는다면서요.

그 어머니와 한참 동안 이야기했습니다. 부모님께 이야기를 꺼낸 아들 마음은 얼마나 안 좋았겠냐고, 가족이 제일 큰 힘이 돼주어야 한다고 말씀드렸습니다. 부모가 아니면 누가 그 아들 편에서 주겠냐고 했습니다. 후에 그분의 아들이 따로 찾아왔습니다. 형이 있어서 참 다행이라고 엄마가 이야기했답니다. 엄마를 만나줘서, 그렇게 이야기해줘서 감사하다고 했습니다.

그런가 하면 친하게 지내던 동생 한 명이 커밍아웃 후에 자살을 했습니다. 부모님께 동성애자라고 고백을 했는데 부모님이 호적에서 제외하겠다며 집에서 나가라고 윽박질렀다고 합니다. 그는 집에서 나와서 구미, 수원 등 지방을 돌아다니며 아르바이트를 하며 생계를 이어갔습니다. 나중에 그 동생과 친했던 친구들에게 이야기를 들었습니다. 견디다 결국 자살을 했다고요.

성 소수자들을 위해 인권운동을 하면서 정신적, 육체적으로 너무 힘들었다고. 가족들에게도 인정받지 못하고 애인과도 헤어져 너무나 힘들어했다고 합니다. 힘이 되어주지 못해 미안했습니다.

그 동생의 장례식장에서 가서 영정사진을 보며, 커밍아웃을 결심했던 때처럼 또 한 번 다짐했습니다. 내가 앞으로 어떻게든 남아 있는 다른 동생들에게 든든한 버팀목이 되어주겠다고요.

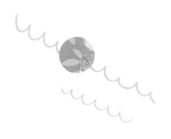

세상이
벅차던 날

저는 기억력이 좋지 않습니다. 지나가는 것에 대해 후회하지도
않습니다. 후회만 하고 있으면 발전이 없다는 걸 알고 있기 때문입
니다. 기억력이 좋지 않으니 후회하고 싶어도 후회할 수가 없습니
다. 하지만 사람이기 때문에 아쉬워하는 순간들이 있습니다.

'내가 그때 이렇게 했다면 어땠을까?' 이렇게 생각해보는 경우
말입니다.

사랑했던 첫 번째 남자친구와 뉴욕에 그냥 함께 있었으면 어
떻게 됐을까? 혼자 한국으로 돌아오지 않고 계속 뉴욕에서 살았
더라면 어땠을까? 그랬더라면 그곳에서 뭔가를 하고 있겠지? 그

남자친구랑 얼마나 만났을까?' 이런 부질없는 생각들이 떠오르기도 합니다.

하지만 그것도 그때뿐입니다. 그때 돌아와서 커밍아웃하고 새로운 남자친구를 만났으니, 생각해보면 아쉬울 것도 없습니다. 지나간 순간에 선택한 것을 후회하지는 않습니다. 돌아갈 수 없기 때문입니다.

성 소수자들끼리 소통하는 게이 애플리케이션이 하나 있습니다. 같은 부류의 고민을 하는 사람들끼리 소통할 수 있는 창구가 되어줍니다. 가족들에게도 친구들에게도 하지 못하는 것들을 물으면 서로 대답해줍니다. 나와 같은 성향의 사람들에게 조금이나마 도움을 줄 수 있을까 싶어서 저도 상담을 많이 해주었습니다.

하루는 새벽 두시쯤 잠들려고 하는 중에 메시지가 왔습니다.

'형? 주무세요?'

"아니. 안자는데 이 밤에 왜?"

"어, 대박. 연락이 오네?"

"그래. 늦은 밤에 연락하는 거는 실례지만 무슨 일이니 이야기해봐."

상대는 너무 힘들다며 고민을 털어놨습니다. 자신은 중학교 2학년 학생인데 학교에서 소위 일진이라고 불리는 아이들에게 괴롭힘을 당하고 있다고 했습니다. 그 애들한테 학교에 갈 때마다 맞고, 그 애들이 요구하는 대로 성 노리개처럼 행동하는 것이 힘들다고 했습니다. 자신은 너무 고통스럽고, 창피하고 힘들지만 도움을 요청할 사람이 없다는 것이었습니다. 가족이나 주변 친구들뿐만 아니라 더 많은 학교 친구들에게 소문이 날까 봐 무섭다고 했습니다.

"넌 어떻게 하고 싶니."

"전 너무 싫어요."

"내일 학교에 갈 거지? 그 아이가 내일도 똑같은 요구를 하면 걔한테 '싫다. 하기 싫어.'라고 꼭 이야기해."

"그럼 저 때릴 텐데요?"

"그래도 말해. 그리고 맞으면 너도 한번 주먹을 휘둘러. 그게 빗맞아도, 안 맞아도 상관없어. 네가 싫다는 의지를 표현해. 그게 되게 중요해. 네가 얼마나 고통스러운지 걔가 알아야 돼. '싫어'라고 외쳐."

"걔가 시키는 대로 안 하면 동영상 찍은 게 있는데 그걸 친구들한테 다 돌리겠다고 협박했어요. 학교에 어떻게 다닐지 너무 무서워요."

"문제가 더 심각해지면 경찰에 도움을 요청할 수도 있고 정 안되면 형이 가서 도와줄게."

부모님께도, 선생님께도 얘기를 못 하고 이 새벽에 나에게 고민을 털어놓은 게 너무나 안타깝고 마음이 아팠습니다. 예전 내 모습을 보는 것 같아서요.

"너 학교가 어디니?"

"저 남양주인데 제가 내일 해볼게요. 형이 하라는 대로."

"그래, 형도 너와 비슷하게 중학교 3학년 때 세 명의 동급생한테 성폭행을 당했었어. 나도 너무 충격적이어서 성적도 많이 떨어져서 고등학교도 못 들어갈 뻔했었어."

"형… 진짜 고마워요."

"그래, 너 내일 언제든지 문자 해. 형이 필요하면 달려갈게."

"정말 고마워요. 형. 그런데 형 저 실은, 지금 제가 사는 25층 아파트 옥상에 와있었어요. 형한테 문자 보내고 답이 10분 안에 안 오면 기다렸다가 떨어져서 죽을 생각으로 올라와 있었어요."

순간 소름이 확 돋았습니다. 거짓말인가? 너무 무서웠습니다. 잠이 확 달아났습니다. 내가 분명 정신 차리고 메시지를 읽고 보내느라 약 7분이 지난 후에 답장을 보냈었습니다.

"너 지금 무슨 짓이니. 어디야, 빨리 안 내려가?"

"형 이제 됐어요. 내려가서 방으로 들어갈게요. 걱정하지 마세요."

"내일 학교 갔다가 와서 문자 해. 꼭 연락해."

다음날 그 아이는 제가 시킨데로 소리치며 주먹을 휘둘렀다고 합니다. 빗맞았지만 상대가 깜짝 놀랐다고, 앞으로 괴롭히지 않을 거 같으니 걱정하지 말라며 장문의 메시지를 보내왔습니다.

어릴 적 내 모습 같아서 눈물이 났습니다. 그때 저에게도 이렇게 의논할 형이 있었더라면 조금 덜 불행했을 수도 있었을 겁니다.

그래서 저는 오늘 밤도 내일 밤도, 기꺼이 핸드폰을 곁에 두고 잡니다. 누군가 제게 털어놓고 싶을 때, 언제라도 이야기를 들어줄 수 있게 말입니다.

사랑과
우정 사이

　고등학교에 다닐 때 두 명의 친구 때문에 힘들었어요. 한 명은 저를 좋아한 친구였고, 다른 한 명은 제가 좋아한 친구였습니다. 저는 중학교 3학년 때 3명의 동급생에게 성폭행을 당했습니다. 끔찍한 기억이었고, 그때의 기억 때문에 고등학교에 입학해서도 적응하기가 힘들었습니다. 성격도 소심해지고 새로운 친구들에게 말조차 못 걸었습니다.

　그래서 입학한 후에 거의 한 달 동안 아는 친구도 없었고 대화를 나누지도 않았습니다. 그러던 어느 날 반에서 모범생이었던 친구 한 명이 제게 말을 걸어 왔습니다. 그 후 우리는 급속도로 친해졌습니다. 학교가 끝나면 그 친구 집에 가서 같이 공부하고 놀기도 했습니다. 정말 많이 의지하고 좋아했습니다. 둘 다 모범생이어서 그 친구 집에서 밤늦게까지 자며 공부하는 날도 많았어요. 그런데 얼핏 선잠이 든 어느 날 그 애가 저를 덮쳤고, 그 일은 큰 상처였던 성폭행 경험과 연결되었습니다.

나중에 자신도 모르게 한 행동이라며 사과했지만, 그 뒤로 말도 하지 않고 지냈습니다. 가장 믿고 의지했던 친구였던 터라 더 힘들었습니다.

제가 좋아했던 친구는 이성애자였습니다. 그래서 제 마음을 어찌해야 할지 몰라 힘들었습니다. 그 친구는 이성애자고 저는 동성애자였으니, 감정을 계속해서 표현해야 했습니다. 그 친구는 학교 앞에 있는 문방구 집에서 하숙했고 저는 그 근방에서 살았습니다. 얼굴을 보고 말을 걸고 싶으나 표현할 방법이 없으니, 집에 있는 그 애를 불러내 요구르트 하나 주고 휑하니 돌아오곤 했습니다. 학창시절 누구나 한 번쯤 그런 경험이 있는 것처럼, 쉬는 시간에 그 친구 교실에 가서 얼굴을 보고 돌아오며 혼자 설레기도 했습니다.

그 애 때문에 술을 처음 마셨습니다. 학력고사 끝나고 그 애의 하숙방에 놀러 갔더니 몇몇이 모여 술, 담배를 하고 있었습니다. 마시지도 못하는 맥주를 한두 잔 마시고 취해 잠들었던 기억이 납니다. 이제 와 기억을 곱씹어 보면 한편 웃기기도 하고 부끄럽기도 한 추억입니다.

결국 견디지 못하고 그 친구에게 제 마음을 고백했을 때, 그 친구는 자신은 여자를 좋아한다고 했습니다. 그 애의 말에 마음 아팠고, 상당 기간 힘들었습니다.

가끔은 그 친구들이 생각납니다. 제가 연예인이 되고 커밍아웃을 했으니, 그 친구들은 어쩔 수 없이 저와의 기억을 곱씹었을 겁니다. 지금쯤 그 친구들이 좋은 추억으로 그때를, 저를 기억하면 좋겠습니다.

내가 살기 위해서

5년 전, 동료 연예인 한 명이 제게 이천만 원을 빌려 갔습니다. 살려달라고 사정을 하며 너무 급하다고 부탁하더군요. 돈을 쌓아 놓고 사는 사람도 아니고 가게마다 돈이 흐르게 해야 돼서 저도 힘든 상황이었습니다. 한 달이면 돈이 들어온다기에 정말 힘든 상황이지만 빌려줄 수밖에 없었습니다.

한 달 보름이 지나서야 그중 절반이 돌아왔어요. 그리고 5년이 지난 지금까지 나머지 반은 소식이 없습니다. 방송국에서 가끔 만나지만 힘든 상황 뻔히 알다 보니 달라기도 참 어렵습니다. 이런 일이 누적되니 돈이란 놈에게 해탈을 한 듯합니다. 사람이 좋아 믿었다가 사기당한 것만 수십 번이거든요. 그래서 가까운 사이라도 돈은 빌려주지도, 빌리지도 말라는 모양입니다. 왁스와 친한 게 다른 이유도 많지만 돈에 대해서도 신뢰가 쌓였기 때문이에요.

한 번은 왁스가 해외에 있을 때 집안일로 급히 천만 원이 필요했어요. 왁스가 제게 부탁했고 1주일 후 한국에 돌아와 주겠다고 하더군요. 주면서도 속으로 그랬어요. '왁스라면 천만 원 못 받아도 할 수 없다'했죠. 그런데 정말 꼭 일주일 만에 돈을 돌려받았습니다.

사실 이게 정상이죠. 하지만 저로서는 그렇지 않은 경험이 워낙 많아 비정상이 정상이 된 듯합니다. 참 쓸쓸한 일이죠.

방송국 작가로 일하던 대학 선배에게 연락 온 적이 있어요. 정말 오랜만에 전화가 온 거였어요. "석천아, 집안에 필요한 돈이라서 한 이천오백만 빌려줄 수 있겠니. 차용증 써줄게."

그때도 저는 참 힘든 형편이었어요. 하지만 선배를 믿었기에 빌려줬죠. 결국 받지 못했습니다.

짠돌이 소리 들어가며 한 푼 두 푼 모은 돈을 나를 위해, 아니 가족들 위해 써보지도 못하고 날린 것만 헤아릴 수 없이 많아요. 돌이켜 보면 생판 처음 본 사람에게 돈을 빌려준 적도 있네요.

1999년 호주 시드니로 〈출발 드림 팀〉 촬영을 갔을 때였습니다. 많은 교포분들이 촬영장에 오셨죠. 그중 드림 팀 팬이라며 웬 여중생이 말을 걸어왔습니다. 사인을 해주다 숙소를 묻기에 답해줬는데 이후에 숙소 앞에서 마주치게 됐어요. 일부러 찾아온 거 같았어요. 들어보니 부모님이 가게를 운영하시는데 식사 초대를 하고 싶다고 했어요. 외국에서 사시는 교민분이 식사를 초대했으니 특별한 일정이 없다면 함께 가자며 다들 흔쾌히 동의했습니다.

그런데 같은 날 호주 한인회장이 촬영팀을 초대했습니다. 모두 그리로 갈 수밖에 없는 상황이었지요. 저는 약속을 한 입장이니 혼자라도 가야 할 상황이었어요. 일면식도 없는 사람들을 연예인이라는 이유로, 호주로 촬영을 왔다는 이유로 한식을 잔뜩 차려주신 게 너무 감사했습니다. 그렇게 즐겁게 이야기 나누며 먹고 돌아왔습니다.

그런데 한국에 돌아와 얼마 지나지 않아 그 아이 엄마에게 연락이 왔습니다. 들어보니, 호주에서 교통사고가 났는데 급하게 돈이 필요하다고 했습니다. 얼마나 급하면 한 번 본 연예인에게 연락했나 싶었습니다. 2주 후면 갚을 수 있다며 이천오백만 원을 빌려달라고 하더라고요. 1999년도, 제가 살던 남산 맨션의 25평짜리 아파트가 1억 1천만 원 하던 시절이었습니다. 지금도 큰돈이지만 그때의 이천오백만 원은 정말 큰돈이었어요.

제 통장에 딱 삼천만 원이 있었는데 2주 뒤 꼭 주겠다는 약속을 받고 빌려주었습니다. 그런데 2주 후에 연락해서는, 천오백만 원만 더 빌려줄 수 없겠냐는 거예요. 제가 없으면 동료 연예인에라도 빌려서 빌려 달라는 겁니다. 참… 네…

그 이후 연락이 끊겼어요. 말하다 보니 웃기네요. 어이가 없어서…

여하튼, 2년 뒤 시드니에 갈 일이 생겨 가게를 찾아갔더니 주변 상인들이 '혹시 돈 관련 문제 아니세요?'라고 묻더군요. 동네에서 유명하다면서요. 돈을 돌려받기는 힘들어 보이기에 깨끗이 포기하고 돌아왔습니다. 재밌는 건 팬이라던 여중생 아이는 대학 입학 후 한국에 놀러 와 제 내 가게에 오곤 한다는 겁니다. ㅜㅜㅜㅜㅜㅜㅜ

제 흑을 조금 더 볼까요? ㅎㅎㅎㅎ

저는 부동산 사기도 많이 당했습니다. 광고 문자가 오면 그냥 무시하면 되는데 번번이 전화를 걸었습니다. "상암동 상가권 100만 원이면 계약할 수 있다고요? 이게 뭔가요? 제 번호 어떻게 아셨죠? 저 연기하는 홍석천이라고 하는데요."

만나자는 말에 나가보니 20대 청년이 앉아있었습니다. 한창 개발 중인 상가권이니 삼천만 원을 달라더군요. 나중에 알고 보니 상가권이라는 건 애초에 없는 거였죠. 후에 제가 그 청년에게 문자를 보냈어요. '얼마나 벌지 모르겠으나 그렇게 살지 말아라' 하고요. ㅋㅋㅋㅋ;;;;;

사람이 제일 무서워요. 돈보다 무섭고 귀신보다 무서운 게 바로 복심(腹心)을 감추고 있는 사람입니다. 이럴 때 보면 홍석천은 참 바보입니다. 사람을 너무 잘 믿어서, 그래서 바보입니다.

살면서
절대 하지 않는 것

많은 사람이 자신만의 좌우명을 갖고 살거나, 이것만큼은 절대 하지 않겠다는 룰을 갖고 삽니다. 세상에서 가장 무섭고 강한 적이 자기 자신이죠. 게으름도, 자만도, 유혹도, 방탕도, 모두 자신에게서 나오죠. 그런데도 자신과의 약속을 지키며 본능보다 이성으로 하루를 엮는 힘도 자신에게서 나옵니다.

저 역시 살면서 기준으로 삼는 가치들이 있습니다. 부모님도 늘 말씀하시듯 '거짓말하지 않는 것'입니다. 하지만 남다른 성 정체성 때문에 오랫동안 남들을 속여야 했고, 이런 상황이 힘들어 결국 연예계 전무후무한 커밍아웃 당사자가 됐습니다.

거짓말 외에 살면서 절대 하지 않는 게 한 가지 더 있습니다. 바로 '부탁하지 않는 것'입니다. 부탁하는 쪽은 상대가 해결해 줄 힘이 있다고 여깁니다. 그러니 들어주지 않으면 섭섭해하죠. 하지만 부탁받는 입장은 부담스럽기 짝이 없죠. 문제를 해결하기 위해서 또 다른 누군가에게 부탁하거나 할 때도 많고요. 사실 아무리 쉬워 보이는 것도 부탁받은 입장은 모두 부담입니다.

이런 생각 탓에 다른 사람 부탁은 잘도 들어주면서 정작 저는 부탁을 좀처럼 하지 못합니다. "어디 행사장 같이 가자." "아는 동생이 좋은 일 한다는데 우리 같이 좀 도와주자." 이런 말도 어렵고요. 제가 부탁을 했다면, 그건 몇 날 며칠을 고민하다 뱉은 거예요. 이렇게 남에게 아쉬운 소리를 정말 못하는 사람이 바로 저, 홍석천입니다. 아마 조금만 지금보다 나았으면 매니지먼트 대표나 큰 기업 사장쯤 했을는지도 몰라요. ㅎㅎㅎㅎ

몇 년 전 레스토랑 손님으로 왔다가 친해진 동생이 한 명 있어요. 자신도 외식 관련 사업을 한다면서 말을 걸어왔죠. 사업에 공감대가 형성되니 이야기도 잘 통했습니다. 친구들과 함께 놀러 와서 맥주도 한 잔씩 마시고 가는 날이 많아지면서 친해졌습니다. 그는 작은 프렛즐 가게를 운영했는데, 속으로 '젊은 친구가 참 뚝심 있게 잘 하는구나' 싶어 기특했습니다.

어느 정도 지난 뒤, 그 동생이 곧 결혼한다더군요. 그리고 제게 결혼식 사회를 부탁해왔어요. 축가를 부를 연예인도요. 대부분 결혼식 몇 달 전부터 준비하지 않나요? 그런데 그 동생 결혼식 날짜는 상당히 촉박했습니다. 결혼식 날까지 얼마 남지 않아서 부탁을 받고 곤란했어요. 제 스케줄도 문제지만 다른 친구들도 마찬가지일 테니까요. 하지만 이미 친해진 동생이 사정하니 들어 줄 수밖에 없었죠.

여러 번 고민 끝에 일정이 맞는 친구들을 급하게 섭외했습니다. 축가는 가수 레이디 제인, 사회는 개그맨 최효종이 해주기로 했습니다. 마침내 결혼식 날이 되었고, 별다른 문제 없이 식이 잘 마무리되었어요. 그런데 결혼식을 마친 후 그 동생이 어처구니없는 이야기를 하는 거예요. 축가와 사회를 봐준 친구들에게 행사 비용을 주지 못하겠다는 거였습니다. 미리 와서 리허설을 안 했다는 게 이유였어요. 신부 측에서 그 이유로 심하게 화를 낸다는 거예요.

바쁜 연예인이 주말에 늦지 않게 도착해 얼굴 한 번 본적 없는 신랑, 신부를 위해 결혼식 사회를 봐주고 축가를 불러준다는 건 결코 쉬운 일이 아닙니다. 리허설까지 참석하면 좋겠지만, 시간 맞춰 도착해서 부탁받은 일을 제대로 잘해낸 것만으로도 나로서는 고마운 일이라고 생각합니다. 아무리 돈을 받고 하는 일이어도 말입니다. 제 생각에는 그렇습니다.

일이 이렇게 꼬이니 중간에서 간청한 제가 곤란한 입장이 되고 말았습니다. 신랑도 아닌 제가 밥이라도 사야하는 입장이 돼버린 겁니다. 정말 미안해서 상황을 설명하니 레이디 제인과 효종은 괜찮다며 행사비를 받지 않겠다고 했어요. 얼마나 미안하고 고마웠는지 모릅니다. 이 자리를 빌려 그 친구들에게 너무나 미안하고 감사했다고 전하고 싶습니다.

신혼여행을 다녀와서 비용을 지급하겠다던 그 동생은 일방적으로 연락을 끊었습니다. 한참 후에 아는 지인 행사장에서 그 동생을 우연히 만났어요.

"결혼식 때 네가 이러저러 했던 건 유감스럽다. 형한테 이런 실수 하면 안 되지." 라고 얼굴 본 김에 따끔하게 충고 한마디 했습니다.

그 사람이 어떤 생각을 가지고 그런 행동을 했는지, 의도적이었는지, 우연히 그렇게 일이 흘러간 건지는 모르겠습니다. 하지만 누군가 자신의 부탁을 들어줬다면, 적어도 그 사람에게 해가 되는 행동을 해서는 안 됩니다. 선의가 선의로 되돌아오지 않는다면, 사람 사이 신뢰가 형성될 수 있을까요?

사람이 제일 무섭다고 생각하게 될 때가 바로 이런 경우인 것 같습니다. 이런 행동은 자신의 사람들을 잃을 뿐 아니라 부탁을 들어준 사람의 인적 네트워크에까지 영향을 미치게 됩니다. 이런 일을 몇 번 겪다 보니 다른 사람의 부탁을 들어준다거나 부탁을 하는 것에 더욱 신중해지게 됐습니다. 자의든 타의든, 주변의 좋은 사람을 잃고 싶지 않으니까요.

이리저리 넓어지는 오지랖

이 책을 쓰던 중에 가게로 감독님 다섯 분이 찾아오셨습니다. 지금은 연배가 60대이신 그분들은 한 때 드라마 업계를 휘어잡으셨던 분들입니다. 조명 감독님, 촬영 감독님, 황일례 감독님 등 당대 최고의 멜로드라마를 만드셨던 분들입니다. 옛날에는 제가 "어이쿠 감독님!"하며 대면하기도 어려운 분들이셨습니다. 이제는 "석천이 너 잘하더라. 내공도 있고 메인 MC가 아니어도 어린애들 데리고 쥐었다 폈다 진행 다 하더라." 하며 칭찬해 주십니다. 감독님들이 봤을 때는 아직도 제가 어린가 봅니다. 이렇게 칭찬해주시는 것을 보면 말입니다.

제가 작품 아이디어를 냈을 때 감독님들께서 "그럼 석천이 네가 기획하고, 제작비용은 어디서 끌어올 수 있으니까 오랜만에 뮤지컬 만들어보자." 이렇게 말씀해주는 것만으로도 너무 감사합니다. 왜냐하면, 제가 아무것도 아니었을 때 그분들이 제게 기회를 주셨기 때문입니다. 그리고 한편으로는 제가 감독님들이 찾아주실 정도로 컸다고 생각돼 무척 행복합니다.

많은 어린 친구들의 바람이 '기회'입니다. '나한테는 언제 기회가 올까?'하는 고민이죠. 미안하고 뻔한 말이지만 저 역시 할 수밖에 없네요. "기회는 자기가 만드는 겁니다." ㅎㅎㅎㅎ

내가 어떻게 하느냐에 따라 꿈에 가까이 갈 수 있습니다. 젊은 친구들은 그걸 착각하고 있는 거 같아요. 본인의 노력은 고작 한 움큼 정도면서, 어떤 꿈같은 기회가 생기기를, 누군가 나를 도와주기를 바라는 것 말입니다. 하지만 순서가 그렇지 않아요. 먼저 끝없이 노력하고 있는 걸 보여줘야 기회가 생깁니다.

나이가 저 정도라도 들거나, 이 만큼 경력이 되면 자신의 능력을 나눠주고 싶을 때가 많습니다. 저 같은 사람도 이런데 50대, 60대, 70대 되신 분들이 젊은 친구들이 열정적으로 하는 것을 보면 도와주고 싶은 마음이 드는 게 인지상정입니다. 자신이 맡은 일을 열심히 열정적으로 하고 있으면 '아아 저 친구, 50년 전에 서울에 와서 밑바닥부터 시작했던 내 모습이랑 똑같네. 저 친구를 내가 도와줘야 되겠다.'는 생각이 절로 드는 거죠. 이렇게 어느 날 홀연히 나타납니다. 그분이 바로 천사죠. 달리 천사가 아닙니다.

연예계 신인 준비하는 친구들이 찾아오는 경우가 많습니다. 열정이 보이면 기꺼이 도와주기 때문입니다. 연기자로 활동하고 있는 모델 김우빈도 처음 모델 활동을 할 때 잔소리 좀 했습니다.

"모델로만 어떻게 먹고살려고 그래? 너 연기 빨리해야 해. 너 정도면 가능해."

"형… 저 모델로도 아직 자리를 못 잡았는데."

"연기를 배워야 돼. 미리 준비해야 해. 넌 꼭 연기자 될 수 있어."

꼭 내 조언 때문은 아니지만, 우빈이가 연기자가 된 건 이렇듯 주변 손길 때문 아니었을까요? 가끔 농담 삼아서 말합니다.

"너 내말 안 들었으면 어쩔 뻔 했어."

배우 정석원은 액션스쿨에서 만났습니다. 제게 액션을 가르쳐줬어요.

"석원아, 네 꿈은 뭐니?"

"액션 감독, 무술 감독하고 싶어요."

"아니야. 석원아. 너는 연기해야 할 얼굴이야. 연기해. 연기해서 네가 잘 되면 아무 때나 액션감독 할 수 있어."

배우 오창석은 헬스클럽에서 눈빛 하나만 보고 도왔습니다.

이런 식으로 내 노하우, 가지고 있는 재능의 방향을 일러줄 때 굉장히 뿌듯하고 좋습니다.

"내가 너희 인생의 돌다리라고 생각해라. 나를 통해 이 강을 건너뛰어 연예계라는 세계로 가. 너희를 좀 더 키워주고 도와줄 사람들은 저쪽에 있으니까."라고 하면서 말입니다.

물론 매니지먼트 회사를 차려서 신인들을 키워 돈을 벌 수도 있습니다. 하지만 저하나, 제 가족 건사도 풍족히 못 한다 생각되는 마당이니 생각도 않습니다. 그저 나를 디딤돌 삼아 멋지게 성공하는 사람이 생기면 기분이 좋습니다. 연배가 들수록 자극받을 수 있는 경우가 많지 않습니다. 그런데 '어? 나보다 더 잘하네?' 이렇게 되면 저도 배우게 됩니다. 선순환인 셈이죠.

레스토랑으로 저를 찾아왔던 용기 있는 청년 홍순조도 그렇습니다. 스스로 기회를 만든 친구죠. SNS에서 저를 팔로우하다 다이렉트 메시지를 주고받으며 저를 찾아왔습니다. 일면식도 없던 사이였지만 혹시나 내가 도움 줄 만한 일이 있나 싶은 마음이 들었어요.

같은 성씨에 종갓집 장남이라고 자신을 소개했습니다. 왕십리에서 반찬가게를 운영하고 있는데 집안의 장손이 반찬가게를 한다며 반대도 극심했다더군요. 순조 동생은 직접 요리하는 것이 재밌고 즐겁다고 했습니다. 아마도 어머니의 손맛을 이어받은 것 같다면서 말입니다. 집안 반대를 무릅쓰고 가게를 운영하는 과정에서 동업자에게 배신도 당하고, 서른세 살 젊은 남자가 하니 직접 했는지, 맛이 있을까 같은 선입견도 심했다고 했습니다. 집안의 반대에 친구의 배신, 사람들의 인식까지 힘들었지만, 지금은 자신과 뜻을 같이 하는 동생 몇 명과 함께 가게를 운영하고 있다고 했습니다. 그는 고민을 털어놓았습니다.

"아, 형. 저는 이 정도밖에 못 하는데 형님은 어떻게 그렇게 잘하시고, 그리고 제가 지금 잘하고 있는 건지. 이걸 앞으로 이제 어떻게 해야 할지 모르겠어요."

요식업 하는 사람들이 흔히 겪는 걱정입니다. 그래서 진심으로 "넌 너무 잘하고 있어. 반찬만 하지 말고 간단한 도시락을 만들어 보는 것은 어떻겠니."라고 제안했습니다. "형, 제가 하고 싶은 게 그런 건데!"

이렇게 기다리지 않고 모든 기회를 찾기 위한 노력이 중요해요. 그냥 있는 것과 움직여서 성공하는 건 종잇장 하나 차입니다. 세상을 탓하고, 환경을 탓하는 것, 반대로 이겨내는 것의 차입니다. 어떤 분야든 창업을 하는 과정에서 좌절도 있고, 반대도 있지만 끝내 기회가 오기도 합니다. 노력과 진정성을 가지고 있다면 말입니다. 월세나 보증금을 올려달라고 할 때, 사람들이 의심하고 싫어할 때, 동업자가 자금을 가지고 도망갔을 때, 집안에서 반대할 때, 힘들어서 포기했다면 결국 인정받고 성공할 수 없었을 겁니다. 이제는 순조 동생에게 한식을 좋아하는 대만 기업들이 사업을 하자고 제안해온다고 합니다.

인생에서 잠깐의 용기가 필요한 시기가 때때로 찾아옵니다. 길을 가다 내 이상형이 백 미터 앞에서 걸어온다고 해보죠. 누구나 말을 붙일까 말까 고민할 겁니다. 그때 용기를 내지 않으면 그걸로 그냥 끝입니다. 하지만 "저 잠깐만요 죄송한데 제가 진짜 좋아하는 스타일이라서요. 혹시 나중에라도 차 한 잔 같이 마실 수 있을까요? 친구가 될 수 있으면 좋겠네요."라고 말이라도 걸면, 기회라도 오는 거잖아요.

시도했기 때문에 적어도 가능성은 생기는 겁니다. 대꾸도 하지 않고 가버릴 수도 있지만, 전화번호를 주거나 내 전화번호를 가지고 갈 수도 있습니다. 설령 아무것도 얻지 못해도 적어도 손해 보는 일은 없죠.

가능성이 작아도 원한다면 일단 노력하고 시도해 보세요. 아무런 노력도 하지 않으면 변화는 없습니다.

악조건!
인정합시다

'자기 밥그릇은 자기가 들고 태어난다.'는 말이 있습니다. 잘난 사람이든, 못난 사람이든, 밥 먹고 살 정도의 재주는 누구나 갖고 태어난다는 말입니다. 각자 개성에 따라 누구나 잘하는 일이 있습니다. 그리고 좋아하는 일도 있습니다. 잘하는 일과 좋아하는 일이 맞아떨어지면 그보다 좋은 일이 없습니다. 그럴 경우 내가 좋아하고, 내가 잘하는 일이 금전적으로 나를 풍족하게 해줄 가능성이 높지요.

사람들은 대부분 자신이 잘 하는 일과 하고 있는 일, 좋아하는 일이 다릅니다. 그런데 어떤 일을 할 때 '이건 내가 좋아하지 않는 일이야'를 너무 부각해 생각하는 경우가 종종 있어요. '일'은

'노동'이라는 생각 때문입니다.

'이 일 얼른 때려 치우고 내가 좋아하는 일 해야지'라고 생각하는 겁니다. 물론 좋아하는 일이 여러 가지일 수 있죠. 또 인정받고 돈 벌 수 있는 일이라면 분명히 누구나 좋아하는 일일 겁니다. 본인이 좋아하는 것과 잘하는 건 대부분 다릅니다. 그런데도 사람들은 잘하는 것에는 신경을 쓰지 않죠. 반대로 하고 싶은 일에만 신경을 많이 쓰는 것 같아요. 잘하는 것도 들여다보면 '하고 싶은 것'일 수도 있어요. 좋아하는 일을 갖기란 어렵죠. 어려우니까 더 마음이 당기는 걸 거예요.

엄마가 차려주는 집밥은 쉽고 편합니다. 밖에 나가서 비싼 음식을 사 먹으려면 힘들죠. 비싼 음식을 더 먹고 싶은 마음이 드는 건 당연합니다. 그러나 막상 먹어보면 그게 그거 아닌가요? 식당 음식 맛이 좋을 때 '우리 엄마가 해주던 맛' 혹은 '집밥 같은 맛'이라고 평하지 않는가 말입니다. 자기가 잘하는 것이 있다면, 본인이 지금 하는 일에서, 잘한다는 칭찬을 받고 있다면 그것도 내가 좋아하는 일일 수 있습니다. 그 일에서 최선을 다해서 끝까지 한번 가보는 것도 나쁘지 않아요.

좋아하는 일로 성공하려면 책임과 노력과 열정이 필요해요. 그런데 노력은 하지 않으면서 '나는 좋아하는 일을 하겠다니까?'라며 마냥 좋아하기만 하는 이들도 많이 보았습니다. 목표를 향해 끈기를 가지고 노력해야 성공할 수 있습니다. 성공도 버릇이 됩니다. 작은 성공을 하다 보면 할 수 있다는 자신감이 생기고, 다음에는 조금 더 큰 목표를 세워도 이룰 수 있게 됩니다.

제가 생각하기에 하늘에서 점지해준 몇몇을 제외하고는 하루아침에 성공하는 이들은 없습니다. 그들과 내가 다르다는 사실을 인식하고 그들보다 더 노력해야 합니다. 가령, 저로서 예를 들면 이래요.

'내 옆에 있던 사람은 길거리에서 캐스팅됐다는데 나는 왜 안 돼?'이렇게 생각하며 억울해하고, 자신도 곧 길거리 캐스팅 될 걸 생각합니다. 하지만!

너니까 안 되는 겁니다. 쟤는 쟤니까 되는 거예요 왜 자꾸 나를 남과 똑같이 생각하고 비교하고 질투하나요?

자신의 악조건을 인정해야 합니다. 그것이 굉장히 중요해요. 나보다 잘난 사람들을 인정해야 합니다. 그들은 타고난 복과 더불어 내가 모르는 시간에 분명히 스스로 노력했을 겁니다. 그 사람들이 부러운가요? 그러면 내가 따라가야 합니다. 저 사람은 어떻게 성공했을까, 저 사람은 무엇을 어떻게 배우고 있을까? 이런 노하우를 습득해야 합니다. 그래야 나와 다른 이들이 열 걸음

갔을 때, 여섯 걸음이라도 갈 수 있습니다. 그런데 늘 부러워하기만 하면서 노력을 하지 않으면 출발은커녕, 항상 제자리걸음일 겁니다.

생각해 보세요. 수많은 오디션에서 떨어지고, '그 얼굴로는 연기하지 마라'는 평가까지 받은 저도 나름 커리어를 쌓다보니 대한민국 연예계에서 방송과 사업을 같이 하는 사람이 됐잖아요! 티는 안 나도 조금씩 성공이 쌓이다 보니 만들어진 결과겠죠.

무엇이든 시작 하는 사람에게 말해주고 싶습니다. 꿈을 꾸되 나눠서 꾸라고요. 20대, 30대, 40대, 50대로 꿈을 나누고 20대 초, 중, 후반으로 나눠서 목표를 세워 두세요. 그렇게 쪼개서 작은 목표를 이뤄야 성공하고, 그 성공들이 쌓이면 뒤돌아보았을 때 결국 큰 성공으로 모여있습니다. 성공도 중독이 됩니다.

참 좋은 사람이
갔구나...

    사람은 누구나 죽음을 두려워합니다. 생을 덮치는 불청객이라고 생각하지요. 그래서 죽음을 피하거나 늦추기 위해 온갖 노력을 다합니다. 하지만 저는 죽음에 대해 조금 다른 생각을 하고 있어서 마음이 편안합니다.

    저는 세상에서 가장 공평한 것 중 하나가 죽음이라고 생각해요. 생각해보세요. 가난한 사람이든 부자든, 대통령이든 청소부든, 모든 사람은 언젠가 죽습니다. 하루하루를 어떤 모습으로 살아가든, 사람은 죽음을 향해 날마다 조금씩 다가서고 있는 게 사실이죠. 죽음이 누구나 거쳐 가는 통과의례라고 생각하면, 삶을 보다 아름답게 엮어갈 수 있는 듯합니다.

그래서 저는 죽음을 생각할 때마다 '어떤 사람으로 기억되고 싶은가'를 자문합니다. 홍석천이라는 사람이 세상에 태어나 살다, 사라졌을 때, 남은 사람들은 나를 어떻게 기억할까 생각해보는 겁니다.

저는 사람들이 저를 조금은 특별한 사람으로 기억해 주기를 바랍니다. 남들과 다른 방식으로 살아서 특별한 사람이요. 기인(奇人)이기를 원하는 게 아닙니다. 그저 누군가에게 특별한 기억을 줬던 사람, 누군가의 삶에 특별한 의미가 있는 사람, 누군가의 인생에 용기를 주었던 사람으로 남고 싶습니다. 그동안 제가 걸어왔던 길을 생각하면, 남들에게 조금쯤은 용기와 힘을 줄 수 있을 것 같습니다. 남들보다 조금 더 힘들게, 조금 더 노력하면서 살아왔으니까요.

서울에 아무런 연고도 없는 열아홉 살 시골 촌놈이 올라와 떡볶이로 끼니를 때우며 살았고, 대학로에서 티켓을 팔며 밤잠을 줄여 열심히 연기 공부를 했습니다. 그리고 지금은 제가 갖고 싶은 것 대부분을 가졌습니다. 제가 원했던 만큼의 성공은 한 셈이죠.

그러나 많은 분의 도움이 없었다면 이 정도까지 성공할 수 없었을 겁니다. 그래서 저는 돈을 더 벌고, 명예를 더 얻고 지금보다 유명해지고 싶은 욕심이 전혀 없습니다. 다만 제가 도움을 받은 만큼 다른 사람을 돕고, 타인에게 선한 영향력을 주고 싶은 소망이 있습니다.

'난 금수저 은수저는커녕, 흙수저인데'

'헬조선을 떠나야 해'

청년들의 이런 불평과 불만에 깊이 공감합니다. 저도 조금도 다를 바 없었습니다. 저야말로 흙수저 중의 흙수저였습니다. 사교육 한번 없이 학교 다녔으니까요.

그렇기 때문에 제가 도울 수 있는 사람에게 어떻게 해서든 도움을 주고 싶습니다. 늦었다고 생각하는 나이에 연기자를 희망하는 동생들이나 창업 아이템으로 고민하는 예비 창업자들, 막막한 미래를 짊어지고 아르바이트 자리를 알아보는 청년 누구라도 상관없습니다. 길을 가다 마주친 모르는 사람이라도 제가 도울 수 있는 사람이라면 돕고 싶습니다. 그리고 이렇게 저에게 도움과 위로를 받은 사람들이 점차 많아졌으면 좋겠습니다.

그래서 언젠가 그들이 '원로 탤런트 홍석천 별세'라는 소식을 듣게 될 때 이렇게 말해주면 저는 행복할 겁니다.

'아! 저 사람 덕분에 인생의 방향을 잡을 수 있었어'

'내가 동성애로 고민할 때 저 사람 덕분에 누군가에게 이해받을 수 있었어'

'얘기 들었어? 별세했대. 참 좋은 사람이었는데'라고요.

저에게 도움을 받지 않은 사람이라도 제가 죽었다는 소식을 듣고 친구들과 밥을 먹으며 잠시나마 저에 관해 이야기를 나누면 좋겠습니다. 저녁 식사 시간에 가족들이 둘러앉아 저의 죽음을 두고 이런저런 대화를 나눈다면 정말 만족스러운 삶을 산 게 아닐까요?

이제는 남은 생을 그냥 소소하게 살고 싶습니다. 과하게 욕심 부리지 않고, 제가 할 수 있는 만큼만 소망하면서 살고 싶습니다. 더 크게 성공하려고 욕심을 부린다면 그만큼 더 어려움을 헤치고 노력하며 안달복달 살아야 할 겁니다. 스트레스도 엄청나겠지요. 그럴 시간에 다른 사람의 인생에 도움이 되는 뭔가를 남기고 싶습니다. 그게 더 보람 있는 일이라고 생각합니다. 먼 훗날 누군가의 기억에 '참 좋은 사람이 갔구나…'라고 기억되고 싶기에 그렇습니다.

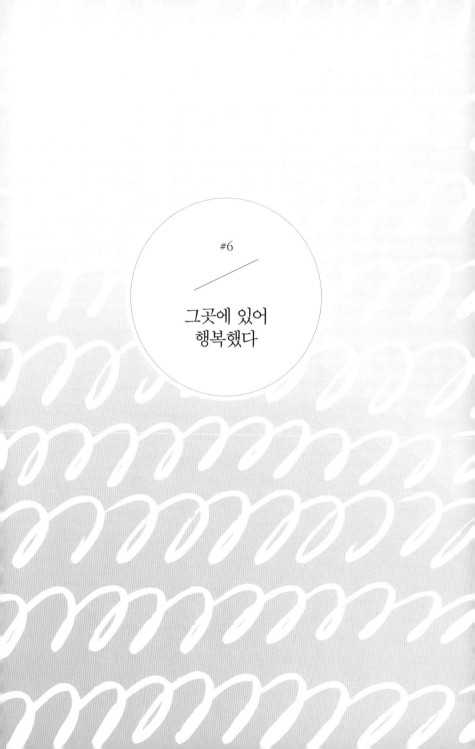

#6

그곳에 있어
행복했다

메테오라에 오길 잘했다

　그리스 테살리아 지방으로 여행을 갔었습니다. 그곳에 '메테오라'라는 유명한 수도원이 있습니다. 옛 애인이 다녀왔는데, 저와 다시 가보고 싶어 했던 곳입니다. 메테오라 수도원은 깎아지른 절벽 위에 있는 주황색 지붕의 수도원입니다. 높은 바위산 위에 있는 수도원의 모습이 자연경관과 멋들어지게 어우러져 유네스코 세계문화유산으로 지정되었고, 죽기 전에 꼭 가봐야 할 유적지로도 꼽힌 곳입니다.

　하지만 가는 길이 험난하기 그지없습니다. 16시간의 비행 끝에 도착한 아테네에서 기차를 타고 5시간 30분을 더 가야 했습니다. 기차역은 시설도 좋지 않았습니다. 옛날 신촌역처럼 허름한 플랫

폼에 무궁화호보다 훨씬 낡은 열차를 타고 갔습니다. 한국이라면 1시간 30분이면 될 거리를 멈췄다, 기다리기를 반복하며 가야 하니 너무 힘들었어요. 그리스까지 가서 KTX 열차가 그토록 그리워질 줄 몰랐습니다.

'내가 왜 수도원에 가야 하지? 도대체 왜 여기서 2박 3일을 써 가며 메테오라에 가야 하지?' 갑자기 후회와 짜증이 밀려왔어요. 게다가 가는 내내 줄 서고 멈추고 또다시 걷기를 반복했습니다. 예정된 그리스 여행 9일 동안 갈 곳도, 가봐야 할 명소도 많은 곳이 그리스잖아요. 그런데 2박 3일을 할애한 게 후회스러웠어요.

지금 생각하면 어리석은 일이죠. 여행을 갔으면 즐겨야 하는걸요. 힘들면 힘든 대로, 그 낡은 열차의 낭만을 즐겨야 했던 건데요. 하지만 그때 메테오라에 가는 동안 얼굴에 짜증만 가득했습니다. 수도원을 꼭 들러야 할 만큼 독실한 것도 아닌데 그 절벽 꼭대기에 왜 가야 하는지 신경질만 났던 거 같아요.

메테오라에 도착하자 거대한 바위들이 눈앞에 펼쳐졌습니다. 메테오라가 그리스어로 '공중에 떠 있는 수도원'이라는 뜻이라더니, 300미터 봉우리 위에 세워진 수도원 모습이 신기했습니다. 왜 '하늘의 기둥'이라고 하는지 알겠더군요. 마침내 메테오라 숙소에 도착해서야 몸과 마음이 좀 편안해졌습니다.

마음이 편해지자 배가 고팠어요. 광장 식당으로 내려가 메뉴판에 있는 그릭 요구르트를 애피타이저로 주문했습니다. 그런데 요구르트를 먹는 그 순간 저도 모르게 탄식이 나오는 거예요.

"와~ 여기 오기 잘했다~"

쩐득한 요구르트에 꿀을 얹어서 내놓은 그 맛이 최고였거든요. 정말 매력 있는 맛이었습니다. 16시간 비행기를 타고 5시간 반 동안 기차를 타고 와서 먹어도 좋은 맛이었어요.

그날 그릭 요구르트는 메테오라에 대한 느낌을 완전히 바꿔놓았습니다. 메테오라의 첫 출발이 좋아서, 정확히 말하면 메테오라에서 먹은 첫 음식이 좋아서, 이 그리스 여행은 오래오래 기억에 남는 좋은 추억이 되었습니다.

며칠 후 산토리니 바닷가 근처를 산책하다, 식당가를 지나는데 많은 사람들이 문어를 먹고 있는 게 보였어요. 저도 맛을 보니 부드럽고 맛이 좋더군요. 가게 사장님을 붙잡고 문어가 어떻게 이렇게 부드러운지 물었어요.

그랬더니 요리를 하기 전에 아스팔트에 문어를 40번 정도 두드리면 된답니다. 그때 중요한 팁 하나가 더 있다는 거예요. 그 팁은 문지를 때 와이프 이름을 불러야 하는 거래요.

의아해서 이유를 물어봤더니 그 사장님 뭐래셨는지 아세요?

"그래야 손에 힘이 들어가거든!"

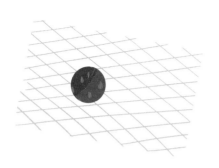

나를 감동시킨
똠얌꿍

똠얌꿍을 처음 맛본 것은 '로열 드래건'에서였습니다.

세계에서 제일 큰 시푸드 레스토랑으로 알려진 그곳은 태국 방콕에 있습니다. 규모가 워낙 커서 직원들이 롤러스케이트를 타고 다니며 서빙하기로 유명한 곳이죠.

그때 처음으로 태국 요리를 맛보았습니다. 먹어보니 내 입맛에 꼭 맞았고, 한국인들 입맛에도 굉장히 잘 맞을 것 같았습니다. 레스토랑뿐만 아니라 길거리에서 간단하게 만들어 파는 음식들도 정말 맛있었습니다.

똠얌꿍의 맛을 잊지 못하는 곳이 한군데 더 있습니다. 나의 첫 남자친구와 태국 쿠팡안으로 여행을 갔을 때였습니다. 커밍아웃하기 전 한창 방송을 하고 있을 시기여서, 남자친구가 저보다 하루 먼저 출발했습니다.

방콕에 도착해서 비행기를 갈아타고 코 사무이 섬으로 향했습니다. 다시 배를 타고서 쿠팡안으로 가야 했습니다. 그때가 1997년도였습니다. 지금처럼 핸드폰 들고 다니던 때가 아니어서, 연락할 수 있는 수단이 없었습니다. 당시 남자친구는 네덜란드인이었는데 암스테르담에 있는 남자친구 아버지한테 자신이 묵는 주소, 리조트 이름을 메모로 남겨두었습니다. 그리고 내가 다시 남자친구 아버지에게 전화를 걸어서 그 메모를 확인했습니다.

문제는 그다음이었습니다. 네덜란드인 아버지의 발음을 알아듣기 어려운 거예요. 영어를 못하는 태국 사람들도 알아들을 리 없었습니다. 태국 억양으로 나름대로 바꿔서 말해줘도 도무지 어딘지 알 수가 없었습니다. 일단 항구에 내려서 여기에 네덜란드 사람이 있냐고 물었습니다. 하지만 의사소통이 전혀 되지 않았어요. 고민 끝에 짐을 실을 수 있는 오토바이를 타고 그 섬의 리조트를 모두 돌았어요. 그래도 그를 찾지 못했고, 어느새 날은 어둑해졌습니다. 지쳐 근처 슈퍼마켓 평상에 걸터앉으니 한숨이 나오더군요.

'아 정말 내가 미쳤나 보다. 여길 왜 왔지…' 그러다가 선잠이 들었는데, 누군가 저를 흔들어 깨웠습니다. 정신을 차리고 보니 두 번째 갔던 리조트의 아줌마와 아저씨였습니다.

"프렌드! 프렌드!"

그를 찾은 거예요. 그분들을 따라 리조트로 가보니, 남자친구가 저 멀리서 수영복을 입은 채 해맑게 걸어오고 있었습니다. 눈물이 핑 돌았습니다.

남자친구 딴에는 본인 옷을 안내 데스크 근처에 걸어 놓고 한국에서 가져온 잡지책도 얹어 두었다더군요. 그리고 주인에게 한국 사람이 와서 본인을 찾을 테니, 자기 방으로 안내해주라고 말했다는 거예요.

문제는 제가 동양인처럼 생기지 않았다는 거죠. 머리카락이 없는 남자가 영어로 질문하니 한국 사람이라고 생각을 안 한 거예요. 한바탕 울고 나니 허기가 졌습니다. 부둣가에 늘어선 식당가로 늦은 저녁을 먹으러 갔습니다. 그게 똠얌꿍이었습니다. 세상에 이렇게 맛있는 음식이 있었나 싶었습니다.

그리고 10년 뒤 이태원에 태국 음식점 마이 타이를 오픈했습니다. 그날이 지금도 무척이나 그립습니다.

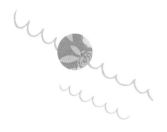

나를 지켜준
요리

〈냉장고를 부탁해〉 등 각종 요리 프로그램에 나가서 요리하니 저를 전문 셰프라고 오해하시는 분들이 많아요. 하지만 저는 요리를 따로 배운 적이 없습니다.

국내외에서 체계적으로 배워 요리하는 전문 셰프들과 달리, 저는 여행을 다니며 눈으로 익히고 먹으며 깨달은 것들을 요리합니다.

요리는 가장 힘든 시기에 저를 지켜준 일입니다. 대중이 외면한 저를 사람들과 이어준 것이기도 하고요. 요리에 몰입하면 다른 생각할 틈이 없어요. 어떻게 더 맛있게 만들까, 어떤 요리를 할까, 어떤 그릇에, 어떻게 담을지, 등 생각할 게 많거든요. 사람들과 함께 먹으며, 술도 한 잔 마시고 대화를 할 때라야 현실을 잊고 행복해질 수 있었습니다. 그 행복이 없었더라면 암담한 그 시절을 견디기 정말 힘들었을 거예요. 그렇게 요리를 하며 고민을 잊기도 하고 맛있는 음식을 먹으며 위로받기도 했습니다.

셰프로서 저는 조리법이 어렵거나 요란하지 않고 편하게 먹을 수 있는 요리를 주로 합니다. 전문 셰프도 아니기도 하고요. 대신 '맛'을 위해서 늘 신선하고 좋은 재료를 씁니다. 제가 하지 못하는 요리는 셰프들에게 아이디어를 내놓고 회의를 거듭해 함께 만듭니다.

그렇게 준비하고 오픈한 곳이 이태원의 〈아워 플레이스〉입니다. 당시 남자친구와 나의 공간이란 뜻으로 넣어 지은 이름입니다. 돈을 벌지 못해도 지금 제가 있기까지 많은 가르침을 준 가게입니다. 지금은 배우 유연석이 인수해서 운영하고 있지만요.

여기저기
세계로 여행

저는 제가 생각해도 짠돌입니다. 하지만 여행만큼은 사치를 일삼습니다 ㅎㅎㅎ

그렇다고 비즈니스 좌석을 이용하거나 고급 호텔에 묵고, 고급 식당을 찾아 나서는 등 호사스러운 여정을 보낸다는 건 아닙니다. 저에게 여유로운 시간을 준다는 것 자체가 사치라는 거죠. 스케줄이 없는 날도 서울에 있으면 가게 생각을 계속하기 때문이죠. 아무 계획 없이 '오늘은 뭐 할까?' '어디 가볼까?' '뭘 먹을까?' 이렇게 제시간을 쓸 수 있는 여유가 무척 필요하게 느껴져요. 활력도 아이디어도 얻으니까요.

이탈리아 밀라노에 있는 두오모 성당은 좋아하는 사람과 반드시 다시 한번 가보고 싶은 여행지 중 한 곳입니다. 촬영을 위해 밀라노에 갔다가 하루 정도 시간이 비어서 혼자 두오모 성당에 찾아갔었습니다. 당시 재밌게 보았던 책이 〈냉정과 열정 사이〉였거든요. 책을 인상 깊게 읽었기 때문에 책의 내용과 이탈리아의 풍경이 오버랩 되어 보였습니다.

밀라노의 오래된 빨간 벽돌과 지붕들이 아기자기하게 보이고 저 멀리 보이는 산맥이 아름다웠습니다. 천국의 문이라는 금으로 된 문도 있었는데 그 포인트가 너무나 인상 깊었습니다. 책을 읽고 혹은 영화를 보고 그 배경이 되는 곳을 찾아가는 여행도 좋은 것 같습니다. 마치 우리나라에 관광 오는 여행객들이 드라마 촬영지를 찾아가는 것처럼 말입니다.

두오모 성당 꼭대기에 가려면 한 사람이 겨우 지나갈 수 있는 계단을 올라가야 합니다. 풍경을 바라보던 중에 '내가 다녀갔다'는 표식을 남기고 싶어졌습니다. 주머니에 10원짜리 동전이 있어서 쇠창살 밑 아주 작은 틈에 끼워놓았습니다. 혹시나 내가 사랑하는 사람과 함께 그곳에 다시 온다면 그 동전을 그 친구에게 보여줘야겠다는 생각으로 두었는데 바람에 날아갔는지, 누가 발견하고 꺼냈는지, 아직도 그곳에 있는지 모르겠습니다.

밀라노의 두오모 성당처럼 내게 조금 특별한 곳이 태국의 피피 섬입니다. 90년대 커밍아웃을 한 이후 나의 피신처였다고나 할까요. 한국인들의 눈을 피해 찾아갔던 곳입니다. 그 피피 섬은 '안경 섬'이라고도 하는데 두 개의 섬이 연결되는 지점에 마을이 있는 곳이었습니다.

현재는 많이 개발되었지만 당시에는 정말 지상낙원이었습니다. 카바나 호텔이라는 3층짜리 하얀색 호텔은 한쪽에 큰 욕조에 거품이 나오고 마사지 기능까지 있는 자쿠지가 딸려있고, 또 다른 한편에는 바다가 펼쳐있었습니다. 밤에 바라본 풍경은 그림 같았습니다. 커다란 보름달이 떠 있고 까맣게 변한 바다가 달빛을 받아 조용히 일렁였습니다. 그런 곳에 사랑하는 사람과 함께 있으면 더욱 아름답게 느껴질 겁니다. 어쩌면 피피 섬 역시 내가 정말 사랑했던 연인과 함께 있어서 더 아름다웠는지도 모릅니다.

피피 섬에 있는 작은 시장 거리에 바나나 팬케이크를 파는 할머니가 있었습니다. 관광객이 지나가면 "바나나 팬케이크~ 바나나 팬케이크~" 하면서 발길을 멈춰 세웠습니다. 팬케이크를 주문하면 얇은 반죽 위에 누텔라와 연유를 뿌리고 그 위에 바나나를 작게 썰어서 올려줍니다. 가격은 당시 30밧, 한화로 천 원이 안 되는 가격이었습니다. 근처 식당에서 밥을 먹고 바나나 팬케이크를 집어 먹으면 얼마나 맛있던지, 아직도 그 맛이 그리울 정도입니다.

천 원짜리 팬케이크를 열심히 굽던 할머니는 이도 거의 빠지고 마르고 작은 체구였는데 항상 손자가 옆에 있었습니다. 등에 업고 있을 때도 있고 옆에 앉아 있을 때도 있었는데 볼 때마다 손자와 함께였습니다.

그런데 2004년, 그 피피 섬에 쓰나미가 들이쳐서 마을 대부분이 쓸려나갔다는 뉴스를 TV에서 봤어요. 그곳 분들은 저를 모르겠지만 저야 아름다운 추억이 있는 곳이니 정말 걱정스러웠습니다. 뉴스를 보니 그 시장이 있던 부근이 모두 쓸려나갔더군요. 바나나 팬케이크를 팔던 할머니와 손자 생각이 났습니다. 그 많은 사람들은 어떻게 됐을까요?

다음 해에 푸켓 가는 길에 일부러 피피섬에 들렀습니다. 너무나 아름답게 기억하고 있는 곳이 어떻게 되었을지 궁금했습니다. 다시 찾은 피피섬은 공사장이 따로 없었습니다. 건물들을 새로 짓고 있고 한창 재건 중이었습니다.

그런데 새로 짓는 시장 부근에 바나나 팬케이크를 파는 가게가 있었습니다. 심지어 그 할머니도 손자도 함께 있었습니다. 너무 놀라고 감격해서 할머니께 안부를 전하고 싶었습니다. 통역해 줄 만한 사람을 찾아 안부를 전하고 당시 소식도 물었습니다. 할머니가 생각나 푸켓 가는 길에 일부러 들렀노라 말이죠. 할머니는 손자를 둘러업고 무작정 산으로 뛰었다고 했습니다. 정말 다행이었습니다.

할머니는 그저 관광객인 제 행동이 유별나다고 생각했을지도 모릅니다. 저도 바나나 팬케이크 맛 때문이었는지, 귀여운 손자 때문이었는지, 할머니의 '바나나 팬케이크~' 하는 정겨운 소리 때문인지도 잘 모르겠습니다. 아마도 그 모든 것을 더하고도 남을 연인 때문 인지도요. 피피섬의 팬케이크 할머니는 나에게 묘한 안도감을 주었던 것입니다.

여행이 항상 좋은 것만은 아닙니다. 제 첫 남자친구와 태국 쿠팡안이라는 섬에 놀러 갔을 때였습니다. 쿠팡안은 방콕 시내에서 몇 시간 배를 타고, 열차를 12시간이나 더 타야 하는 곳이었어요. 그곳에서 방콕으로 다시 돌아오는 열차에서 여권이 없다는 걸 알게 됐지 뭐예요. 날도 더운데 남은 여행 기간 동안 대사관만 몇 번이나 왔다 갔다 했습니다. 신경이 예민해질 대로 예민해져서 남자친구와도 다퉜던 기억이 있습니다.

이상하게 여행을 가면 동행자와 꼭 싸우게 됩니다. 친한 친구들이 여행을 갔다가 절교하고 돌아온다는데, 연인 사이도 마찬가지인 것 같아요. 각자 좋아하는 여행 스타일이 다른데, 상대에게 자기 스타일을 강요하다 보면 꼭 문제가 생기는 겁니다.

한 번은 한국으로 돌아오는 태국 쑤완나품 공항에서 애인과 크게 싸웠습니다. 왁스와 셋이서 떠난 여행이었습니다. 잘 놀고 와서 마지막 날 크게 싸웠는데, 지금 생각해보면 왜 싸웠는지 이유도 기억 안 납니다. 감정이 격해질 대로 격해진 터라 출입국 심사대 앞에서 줄을 서는데 나는 왼쪽 끝줄, 애인은 오른쪽 끝줄에 서 있었습니다.

불쌍한 왁스만 우리 때문에 왔다 갔다 하며 우리 사이를 풀어주려고 애썼지요.

저에게는, "오빠. 오빠가 그래도 어른인데 오빠가 풀어라."

그에게는, "오빠가 다 데리고 다니면서 여행 갔다 왔는데 동생인 네가 가서 미안하다고 해"라며 서로의 말을 전해주다가 나중에는 왁스가 화가 났죠.

"야, 내가 너희들 탁구공이야? 왜 나를 왔다 갔다 시켜! 너희들이 알아서 해!"

그러다가 웃겨서 화해했습니다. 이렇게 왁스는 성격이 좋아서 함께 여행하면 정말 즐겁고 편합니다. 왁스도 〈경리단길 홍 사장

〉에서 인터뷰하며 가족보다 편한 여행 동반자가 '저'라고 언급했습니다. 사실 왁스도 여자인데 게이클럽이나 게이 바에 가면 마냥 즐거울 리가 없죠. 그런데도 기꺼이 여행 동반자가 돼주고 즐겁다고 말해주니 얼마나 고마운지 모릅니다.

사람의 선입견이라는 게 무서운 것이어서, 중국은 조금 무서운 국가였습니다. 예전에 잠깐 중국에 방문했을 때 택시기사가 간단한 영어도 알아듣지 못해서 답답했던 경험도 있고, 골목이 무서워 최대한 큰길로만 다녔던 기억도 있습니다. 하지만 이제는 상하이에 가면 상하이 친구, 북경 가면 북경 친구, 방콕에 가면 방콕 친구들이 있으니 마음이 편해졌습니다.

이런 외국 친구들은 어디서 사귀냐고요?

여행을 다니다 보면 자연스럽게 친구가 되는 경우가 많습니다. 내가 여행을 갔다가 갑작스럽게 친해져서 연락하게 되는 경우도 있고, 우리나라에 여행 온 친구늘이 레스토랑에 왔다기 팬이라며 친해지는 경우도 있습니다.

한 번은 목욕탕에 갔다가 태국 친구를 사귄 경우도 있습니다. 그 호텔에 묵고 있는 외국인 관광객이었는데 알고 보니 게이 커플이었습니다.

"내일 뭐 하니?"

"우리 내일 성형외과에 상담받으러 가."

에이전트 소개로 강남에 있는 성형외과에 가볼 거라고 하기에, 지인이 운영하는 성형외과도 소개해주었습니다. 한국에 대해 많이 알지 못하고 그냥 가는 것 같아서 아쉬운 마음에 북악스카이웨이에 다녀오자고 제안했습니다. 팔각정부터 삼청동, 효자동, 서촌에 있는 통인시장까지 쭉 둘러보았습니다. 시장 한편에 있는 식당을 소개하면서 이게 바로 한국의 모습이라고 알려주었더니 굉장히 좋아했습니다. 나중에 내가 연예인인 것을 알고서 그들이 물었습니다.

"너는 탤런트이고 유명한 애인데, 관광객인 우리한테 어떻게 이렇게 대해줄 수 있어?"

"나도 외국 가면 다들 그렇게 잘 해줘. 그렇게 하면서 친구가 되는 거지."

이렇게 서로 대화를 나누다 보면 친구가 되고, 그렇게 친구를 만들다 보니 세계 곳곳에 친구들이 생깁니다. 곳곳에 친구들이 많아질수록 여행은 더욱 즐거워집니다. 좋은 곳에 가서 정취를 즐기면서 좋은 사람들을 사귀는 것, 이것이 여행의 또 다른 묘미거든요.

경험

　아테네에는 현지인들은 물론 관광객들도 사랑하는 수십 년 전통의 꼬치구이 집이 있습니다. 9일 동안의 유럽 여행 중에 그리스 아테네에 갔을 때의 일입니다. 아침은 한식으로 제공한다기에 숙소를 한인 민박집으로 정해놓고 기대를 안고 갔습니다. 민박집 사장님도 저를 보고 너무나 좋아하셨습니다. 대학교 때 한국에 있는 민박집에 가본 후로 한인 민박집은 처음이었는데, 특별하고 재미있었습니다. 민박집에서 시내에 있는 맛집을 찾아보고 있는데 사장님이 그 꼬치구이 집은 꼭 가봐야 한다고 했습니다. 그리스식 빵과 함께 나오는 꼬치구이 맛이 기가 막힌다는 것이었습니다.

그 집에 가서 오래 기다린 끝에 꼬치구이를 맛보았는데 정말 맛있었습니다. 한국에 가져가서 하고 싶었습니다. 식당 매니저에게 혹시 메인 셰프를 잠깐 만날 수 있겠냐고 했더니 흔쾌히 주방 출입을 시켜줬습니다. 주방 한편에서는 꼬치를 계속해서 굽고 있고 그리스식 빵도 끊임없이 구워내고 있었습니다. 9월이었는데 민소매를 입고 땀 흘리며 일하고 있는 모습이 조금은 안쓰러웠습니다. 내 소개를 하면서 농담 반 진담 반으로 함께 한국에 가서 일할 수 있겠냐 물으니 고개를 세차게 끄덕였습니다.

그래서 연락처를 받아왔는데 진행 중에 무산되어 결국 한국에서 메뉴화할 수는 없었습니다. 비록 우리나라에 도입하지는 못했지만, 이런 경험이 나에게는 정말 보물 같은 일입니다. 요식업을 운영하는 데 있어 이렇게 맛보는 것에서 그치지 않고 보고 피부로 느끼는 것은 정말 중요합니다. 그냥 맛있다고 끝내고 말았으면 수많은 음식 중 하나였겠지만, 주방에 들어가서 보았으니 나름 공부를 한 셈입니다.

가게의 인테리어 용품도 제가 직접 발품을 팔아 구매하는 경우가 많습니다. 해외에서 인테리어 소품을 처음 살 때는 바가지를 많이 썼습니다. 시장이나 노점상, 야시장에는 색다른 소품들이 많았습니다. 쇼핑의 천국이지만, 나중에 후회하지 않으려면 흥정을 잘해야 합니다. 예를 들어 상품의 가격이 1000바트 여서 흥정 끝에 700바트에 사 놓고 잘 샀다며 만족했는데, 여러 곳을 다니다 보면 500바트에서 살 수 있다는 이야기지요.

이런 시행착오를 몇 번 겪다 보니 이제는 흥정의 달인이 되었습니다. 무조건 절반은 깎는다 생각하고 시작을 합니다. 절반까지 깎고도 그냥 가겠다고 하면 붙잡고, 100바트 정도 더 싸게 주는 경우가 많습니다. 물론 추가로 더 안 깎아주는 곳도 있지만, 태국, 필리핀을 비롯한 동남아 대부분에서는 통하는 방법인 것 같습니다.

말레이시아 코타키나발루에서는 클럽 드레스 코드에 대해 배우기도 했습니다. 쿠알라룸푸르에서 코타키나발루에서 사흘을 머물고 다시 쿠알라룸푸르에서 한국으로 오는 일정이었습니다. 쿠알라룸푸르에 유명한 클럽이 있다고 해서 일행 모두 클럽을 찾아갔습니다.

열대지방이라 날이 무척 습하고 더웠기 때문에 슬리퍼를 신고 있었는데, 긴 바지 등 드레스 업 상태에서만 출입할 수 있다고 했습니다. 세상에, 열대지방에서 슬리퍼가 안 된다니! 어느 지역에서 건 우리가 방문해야 할 곳에서 지켜야 할 드레스 코드 정도는 알고 가야 낭패를 보지 않는다는 걸 실감나게 해준 경험이었습니다.

해외여행을 간다고 하면 주변에서 선물을 사 오라고 성화를 부리는 경우가 많습니다. 그러면 내 딴에는 열심히 찾고 고른 특이한 볼펜, 인형, 컵, 병따개 등등 조그마한 기념품들을 가까운 지인 수만큼 사 오곤 했습니다. 여러 사람에게 기념품을 주기 때문에 만만치 않은 금액인데도 하나씩 받는 지인들 입장에서는 작은 선물로 치부되기 마련입니다.

그래서 신혼여행을 가게 되는 커플들에게 꼭 조언합니다. 지인들 선물 사느라고 소중한 시간 낭비, 돈 낭비하지 말고 재밌게 시간 보내다 오라고. 사와 봐야 한국에 와서 보면 비슷한 것이 어차피 꼭 있기 마련입니다. 그러니 신혼부부들이여, 반드시 당신들끼리 돈 쓰면서 즐겁게 놀다 오십시오.

커밍아웃하고 난 이후에는 한국 사람들을 피해 섬으로 여행을 많이 다녔습니다. 스트레스도 풀고 휴식을 취할 겸 조용한 곳을 찾아다녔습니다. 지금은 섬들이 많이 개발된 상태지만 십여 년 전쯤에는 한국인들이 거의 없었습니다. 요새는 단 며칠이라도 시간을 내어 가는 경우가 대부분이라서 도시 위주로 갑니다. 왔다 갔다 하는 데에만 시간을 보내기가 아깝기 때문입니다.

예전에 갔었던 태국의 크라비 섬은 썰물 때 걸어서 갈 수 있는 특이한 곳 중 한 곳입니다. 절벽 밑에 위치한 리조트가 인상 깊었는데 배를 타고서만 갈 수 있었습니다. 방에는 TV조차 없었습니다. 아마 편히 휴식을 취하고 가라는 뜻이었던 것 같습니다. 그런데 야외 발코니 한쪽에 노천으로 즐길 수 있는 자쿠지가 있었습니다. 워낙 조용한 곳이라서 할 일도 없었기 때문에, 목욕이나 즐기자 싶었습니다. 한쪽에 입욕제가 마련되어 있는데 얼마나 넣어야 하는지 몰라서 신나게 넣었더니, 만화처럼 점점 거품이 가득해졌습니다. 테라스 사방팔방이 거품이 되어 청소하는 분께 미안했던 적도 있습니다.

미국 뉴욕은 나에게 동경의 대상입니다. 일주일 이상 시간 여유가 생기면 반드시 가려고 합니다. 갈 때마다 새로운 곳들이 반기고 또 전통적인 곳들은 그대로 자리를 지키고 있습니다. 에너지를 많이 받고 와서 다녀오면 이것저것 많이 시도해보려고 합니다.

한번은 말로만 듣던 뉴욕 폭설에 꼼짝없이 갇힌 적도 있었습니다. 저녁 약속이 있어서 레스토랑으로 향하는 길에 눈이 내리기에 아이처럼 신나서 어쩔 줄 몰랐습니다. 그런데 아뿔싸, 밥을 먹고 나오니 길이 다 막혀있었습니다. 뉴욕의 낭만이라며 쌓인 눈길에 발이 푹푹 빠져가면서 숙소까지 걸어가기로 했습니다. 너무 추운 날씨여서 도중에 몸을 녹일 겸 작은 바에 들려 칵테일도 한잔 마셨고요. 그때까지는 좋았습니다. 그런데 다시 걷기 시작해도 눈은 그칠 생각을 하지 않았고, 오히려 눈발은 점점 굵어졌습니다. 이제는 낭만이 문제가 아니라 숙소까지 갈 일이 걱정이었습니다. 결국, 근처 호텔로 피신해 하루를 보내야만 했습니다. 황당하고 어이없었지만 지나고 나니 절로 미소가 나오는 즐거운 추억이 되었습니다. 이런 황당하고 예외적인 경험이 오히려 나중에는 좋은 추억이 되는 것 같습니다.

저는 뮤지컬을 보는 것도 정말 좋아합니다. 그래서 뉴욕에서 상영하는 뮤지컬을 보러 갔다가 시차 때문에 고생한 적도 있습니다. 그렇게 좋아하고 보고 싶던 뮤지컬인데, 한참 보다 어느새 잠이 들어버린 모양이었습니다. 박수 소리에 깨어 보니 이미 커튼콜을 하고 있었습니다. 얼마나 아깝던지… 그렇지만 뉴욕은 늘 좋습니다. 혼자서도, 좋아하는 사람들과 함께여도 역시나 좋습니다.
뉴욕 같은 대도시는 트렌드를 파악하고 배우기에도 안성맞춤입니다. 우리나라도 그렇지만, 아티스트들이 모여 있는 동네는 저절로 사람들의 주목을 받게 됩니다. 도시의 변화나 경제 구조를

거시적으로 살펴보는 기회가 되기도 합니다. 한국에서 요즘 연남동, 성수동, 해방촌이 핫플레이스로 뜨는 것처럼 윌리엄스버그나이스트 빌리지가 주목받는 것을 느끼기도 합니다. 부동산, 골목문화, 패션, 음식 등을 다방면으로 느끼고 배울 수 있는 것입니다.

패션에 관한 최신 트렌드는 주로 패션쇼에서 얻지만, 패션에 관한 다양한 감각은 패션쇼뿐만 아니라 주말 벼룩시장에서 보고느끼는 것이 아주 많습니다. 거리를 지나다니는 많은 사람의 모습에서도 알 수 있습니다. 뜻밖의 횡재를 하는 수도 있습니다. 오래전에 벼룩시장에서 어떤 할머니가 남성복 여러 벌을 팔고 계셨습니다. 할머니의 남편이 돌아가셔서 남편의 옷들을 팔고 있다면서, 제게 가죽 잠바를 추천했습니다. 60년대 프랑스 양복점에 구매했다고 했습니다. 양피로 만든 가죽 잠바인데 아직까지도 잘입고 있습니다.

이런 다양한 경험들이 오늘의 서를 있게 했고, 이런 다양한 경험들이 제 삶을 생동감 있게 만들어 줍니다. 경험을 통해 얻은 것들은 감각에 새겨져 잊히지 않을 뿐 아니라, 미래에 있을지도 모르는 문제를 해결할 열쇠가 되기도 합니다. 백문이 불여일견(百聞不如一見)이라고 하지 않던가 말입니다. 인생에 있어서, 경험만큼훌륭한 스승은 없습니다.

행복을 찾아서

'행복이 무엇인가' 생각해 보니 옷을 사서, 자동차를 사서, 비싼 음식을 먹어서 행복한 경우는 드물었습니다. 행복이라기보다는 잠깐의 기쁨 정도였습니다. 혼자 즐겁고 재미있으면 행복하다고 느끼지 못합니다. 행복이란 '나' 개인의 것이 아니라 주변 사람들과 가족들까지 연결돼야 느껴지는 감정 같아요. 나 혼자 좋은 공연을 보는 것보다 친구나 가족들에게 좋은 공연을 보여주고, 그 사람이 행복해할 때 나도 행복해지는 일인 겁니다.

시골에 계신 엄마와는 일주일에 4번 이상 전화통화를 합니다. 엄마는 나 못지않은 걱정쟁이 이십니다. 온통 아들 걱정뿐입니다.

'밥은 먹었냐. 잠은 잘 잤냐. 왜 아직 집에 안 들어가고 밖에 있냐. 모자 쓰고 다녀라. 목도리 꼭 하고 다녀라. 내복 입고 다녀라. 교회 가서 기도해라.' 부모님이 행복해야 내가 행복한 것처럼, 부모님도 제가 행복해야 자신들이 행복한 것이겠지요.

그런가 하면 외롭지 않다고 깨달을 때도 행복합니다. 누군가 나를 생각해주고 나를 위해 기도해주는 것을 보면서 행복을 느낍니다. 이런 행복은 물질적인 것을 받을 때가 아니라 나를 위한 사소한 행동에 감동했을 때 느껴집니다.

가령 애인이 나를 챙겨주는 모습도 행복입니다. 한번은 남자친구가 홈쇼핑을 보다 오메가3를 주문하더군요. 왜 사는지 물었더니 곧바로 제 걱정을 늘어놓았습니다. 제 나잇대에는 건강을 챙겨야 하는데 오메가3가 심혈관에 좋다는 겁니다. 처음 해보는 홈쇼핑 결제에 당황하고 헤매면서도 주문을 마치고는 아침으로 토마토를 먹으라며 주더군요. 그 모습을 지켜보는데 문득 '아, 이게 행복이구나.' 싶었습니다. 가족도 나를 챙겨주지만, 사랑하는 사람이 나를 걱정해준다는 건 굉장히 기분 좋은 일입니다.

가끔 왜 이렇게 힘들게 일하고 밤잠도 못 자면서 돈을 벌까 생각해 볼 때가 있습니다. 왜 방송 일과 사업을 병행하면서 나를 혹

사시킬까? 도대체 무엇을 위해 이렇게까지 할까!

생각해보면 이유가 확실합니다. 대부분 나를 걱정해주는 사람을 위해서입니다.

저는 할 수 있는 능력 내에서 최선을 다해 애써가며 살아왔습니다. 나로 인해서 가족들이 조금이라도 편안하게 살 수 있다면, 그거면 만족했죠. 가족들이 나로 인해 안전함을 느끼는 것이 저에게 행복이니까요. 그렇기 때문에 저는 아끼고 절약하며 열심히 살고 있습니다.

저는 사치를 부리지 않습니다. 나를 위해 돈을 쓴 적이 거의 없습니다. 처음 데뷔할 때부터 스타일리스트를 따로 둔 적이 없습니다. 시트콤 〈남자 셋 여자 셋〉을 촬영할 당시에는 트렁크에 옷을 싣고 스텝들 버스를 같이 타고 이동했습니다. 그러면서 절약하는 습관이 몸에 배었습니다.

그나마 최근에는 여행하면서 조금씩 돈을 쓰기 시작했습니다. 나를 위한 여행을 한다는 것 자체가 저에게는 사치를 부리는 겁니다. 여행하는 것도 실은 휴식을 즐기는 것에서 그치지 않습니다. 새로운 음식을 먹고 새로운 가게를 방문해 맛보고 느끼며 배운 것을 레스토랑을 운영하는데 적용합니다. 비즈니스 여행이나 아이템 여행인 셈입니다.

그동안 주변 사람들이 "너를 위해 돈을 좀 써."라는 조언을 숱하게 했습니다. 그래서 3년 전쯤 여의도의 좋은 집으로 이사했습니다. 월세 600만 원짜리 집이었습니다. 그런데 불편했습니다. 내가 지금까지 살아본 집 가운데 가장 좋은 곳이었지만 저하고 맞지 않았습니다. 마치 맞지 않은 남의 옷을 입은 기분이었죠. 다른 사람 옷을 빌려 입고 내 행색을 하는 것처럼 느껴졌어요. 그래서 다시 이태원으로 이사했습니다. 역시 사치는 저랑 맞지 않더라고요.

처음 사회생활을 시작할 때, 사람들을 믿고 의지했습니다. 서울에 아무런 연고가 없으니 인맥을 만드는 게 중요하다고 생각했거든요. 그런데 믿고 의지했던 사람들에게 사기를 당했습니다. 너무나 순진하고 어린 나이였습니다. 점점 사람들에 대한 두려움이 생겨났죠. 그래서 지금은 좋은 제안이라도 심사숙고합니다. 두려움을 많이 느끼기 때문에 돌다리도 두드려보고 가는 식으로 안전하게 가려고 합니다. 사업을 할 때도 서류상 명확하게 확인된 것만 믿고, 대출이나 예금을 할 때도 제1금융권 은행 돈만을 고집합니다. 앞으로 재고 뒤로 계산하면서 실패확률이 현저히 적은 것만 실행에 옮기는 편입니다.

언제부터 겁쟁이가 되었는지 기억을 더듬어보면 아주 어릴 적부터였던 거 같아요.

어쨌든 저는 겁이 많습니다. 어느 정도 겁쟁이냐면 지금도 일본에 못갑니다. 촬영 때문에 두 차례, 아주 오래전에 한 차례 여행을 가봤을 뿐, 자발적으로 가지는 않습니다. 지진이 두려워서입니다. 저란 사람이 이렇습니다. 방콕은 수십 번을 갔고 낯익은 곳은 혼자서도 아주 잘 다니지요. 그런데 낯선 곳, 한 번도 안 가본 곳을 혼자 가는 것을 두려워합니다. 이태원에서 벗어나지 않는 것도 같은 맥락입니다. 행복은 일단 안전한 곳에서 와야 합니다. 환경적인 안전함은 물론 금전적인 것도 마찬가지 아닐까요.

선한 영향력을 주고 싶은 이 시대의 톱 게이

'유일무이' '어디에나 있지만, 어디에도 있지 않은' '대한민국에서 가장 유명한 톱 게이' 저를 칭하는 기분 좋은 수식어입니다.

게이(gay)의 뜻을 알고 계시나요? 게이는 '명랑한, 쾌활한, 즐거운'의 의미가 있습니다. 저는 명랑하고 쾌활하고 즐거운 게이예요.

커밍아웃했을 때 저는 일반 대중들뿐만 아니라 같은 성 소수자들에게도 비난을 받았습니다.

"왜 하필 너냐?"

"더 멋있는 사람들도 있는데 왜 네가 총대를 메냐?"

같은 입장에 있는 사람들에게까지 비난을 받으니 더욱 견디기 힘들었어요. 그나마 같은 어려움 겪고 비슷한 고민을 하는 이들이니 저를 환영해줄 거로 생각했죠. 하지만 반대였어요.

17년이 지난 지금, 많은 게이 동생들이 저에게 엄지를 치켜세워주며 말합니다.

"형, 진짜 멋있어요."

"형이 이렇게 버티고 계셔서 정말 많이 도움이 돼요."

"형이 없었으면 저도 용기 내지 못했을 거예요."

저와 같은 어려움을 겪은 이들에게 조금이나마 도움이 되었다고 생각하면 진심으로 기쁩니다. '성 소수자들의 인권에 대해 좀 더 적극적으로 피력해야겠다.' 다짐하는 계기도 됩니다.

아직도 부족하긴 하지만 제가 커밍아웃을 하기 전과 17년이 지난 지금은 정말 많이 달라졌습니다. 저를 통해 게이에 대해 선입견이 바뀌고, 짐을 나눌 수 있다면 저는 조금 힘들어도 괜찮습니다.

각자가 겪는 어려움에 공감하고 서로 위로해주며 그렇게 선한 마음을 갖고 살고 싶습니다. 게이의 뜻처럼 명랑하고 쾌활하며 즐겁게 말이에요.

혼자서도 제대로
차려놓고 먹는 브런치

● 재료

    퍼프 페스츄리(혹은 잉글리쉬 머핀, 베이글), 수란, 베이컨, 시금치, 감자, 로즈마리, 마늘, 올리브유

과정

1. 홀렌다이즈 소스를 만든다.

홀렌다이즈 소스 만드는법

재류
달걀 2개, 버터 180g

1) 버터를 액체상태로 녹인다.
2) 달걀 노른자만 분리해서 중탕에서 거품기로 저어준다.
3) 2)에 녹인 버터를 조금씩 넣어주며 저어준다.
4) 디종머스터즈를 1/2t 정도 넣어 마무리한다.

2. 삶은 알감자는 반으로 잘라 식용유에 튀겨 준다.

3. 감자가 알맞게 익으면 로즈마리를 넣어 튀 긴다.

4. 올리브유에 마늘을 넣어 볶은 시금치와 구 운 베이컨을 페스츄리 위에 올린다.

5. 마지막으로 수란을 올리고 홀렌다이즈 소스 를 뿌려 완성한다. 튀긴 감자는 가니쉬로 곁들 여 낸다.

Final
Cut

Sweet
비프 브루기뇽
Love Recipe

미운정 고운정 담아
만들어 주는 비프 브루기뇽

● 재료

   소고기 사태, 양파, 감자, 당근, 샐러리, 레드와인, 마늘, 밀가루, 토마토 페이스트, 양송이

과정

1. 사태는 5~6cm 크기로 잘라 준다.

2. 손질 된 사태에 소금, 후춧가루로 밑간을 한 후, 레드 와인에 담가 하루정도 냉장고에 숙성 시킨다.

3. 2의 사태에 밀가루를 골고루 입힌 후, 예열
한 팬에 넣어 바싹 구워 준다.

4. 당근과 양파는 큼지막하게 썰고, 샐러리는
슬라이스 해준다.

5. 냄비에 토마토 페이스트로 버무린 사태를
넣고 준비한 채소를 넣어 볶은 후, 레드와인, 스
톡을 넣어 뚜껑을 덮어 졸인다.

6. 마무리 전에 양송이를 잘라 넣어 더 졸여 완
성한다.

엄마를 위한 영양 가득한
청양 굴 파스타

● 재료

　굴, 청양고추, 부추, 마늘, 페퍼론치노, 스파게티면, 스톡, 빵가루, 계란, 밀가루, 엑스트라버진

과정

1. 굴은 밀가루 → 계란 → 튀김가루 순으로 옷을 입힌다.

2. 열이 오른 식용유에 가니쉬로 올릴 굴을 튀긴다.

3. 올리브유를 두른 팬에 슬라이스한 마늘, 페페론치노를 볶아 준 후 굴을 넣어 볶는다.

4. 굴이 볶아지면 스톡, 삶은 스파게티를 넣어 볶으며 소금간을 해준다.

5. 불에서 내리기 직전 5cm 길이로 썬 부추, 오일을 넣어 섞어준다.

6. 접시에 파스타를 담고 레지아노, 빵가루를 뿌리고 가니쉬로 튀긴 굴을 담아 완성한다.

오늘도 수고한
나를 위한 셀프 또띠아

● 재료

소고기 등심, 닭가슴살, 아보카도, 토마토, 적양파, 파프리카, 바질, 사과, 블랙올리브, BBQ소스, 또띠아, 로메인, 쉬레드체다치즈, 샤워크림, 엑스트라버진, 화이트와인, 식초, 라임

과정

1. 과콰몰리를 만든다.완숙된 아보카도는 반으로 잘라 씨를 제거한 후 숟가락으로 과육을 긁어낸다.

2. 토마토, 파프리카, 적양파를 찹한다.

3. 볼에 준비한 1, 2의 재료를 넣고 엑스트라버진, 소금, 후춧가루, 화이트와인, 식초, 라임을 넣어 섞는다.

4. 포모도로 살사를 만든다. 토마토, 적양파, 파프리카, 사과를 사방 1cm 크기로 썬다.

5. 준비한 4의 재료를 볼에 담고 다진 바질, 소금, 후춧가루, 화이트와인, 식초,엑스트라 버진 올리브유, 트러플오일을 넣어 섞는다.

6. 소고기 등심은 미디엄 레어 정도로 굽고, 구운 치킨은 잘게 찢어 BBQ소스를 넣어 볶아 준다.

7. 또띠아 위에 채 썬 로메인, 과카몰리, 사워크림, 등심, 치킨, 치즈 등을 취향에 맞게 넣어 싸 먹는다.

Final
Cut

기쁜 날
자축할 수 있는 팟 카파오

● **재료**

마늘, 태국고추, 돼지고기, 블랙소이소스, 굴소스, 시즈닝소스, 설탕, 피쉬소스, 태국바질, 안남미, 달걀

과정

1. 식용유를 적당히 두른 팬에 고추와 마늘을 튀기듯 볶는다.

2. 다진 돼지고기를 넣어 볶는다.

3. 고기가 볶아지면 블랙소이소스, 굴소스, 시즈닝소스, 설탕을 넣어 볶는다.

4. 바질을 넣어 바질의 숨이 완전히 죽을 때까지 볶는다.

5. 완성 접시에 안남미 밥과 4의 볶은 돼지고기를 얹은 후, 튀기듯이 반숙으로 부친 달걀을 얹어 완성한다.

Final
Cut

우울하고 슬픈 마음
달래주는 토마토 타임스프

● 재료

　양파, 마늘, 토마토, 바질, 타임, 방울 토마토, 페퍼론치노, 치킨스톡, 레지아노

과정

1. 양파와 토마토는 굵게 다진다.

2. 올리브유를 두른 팬에 다진 마늘과 양파를 볶는다.

3. 다진 마늘과 양파과 볶아지면 스톡을 약간 넣어 끓인다.

4. 다진 토마토를 넣어 익혀준다.

5. 토마토 홀을 넣어 졸인다.

6. 후레쉬바질과 타임, 부순 페페론치노를 넣고 소금, 레지아노를 넣어 간을 맞춰 완성한다.

Final
Cut

Sweet

해산물 빠에야

Love Recipe

희망을 준비하는
이들을 위한 해산물 빠에야

● 재료

헤드온새우, 오징어, 홍합, 타이거새우, 낙지, 초리죠, 마늘, 양파, 샤프론, 치자, 홀토마토, 파프리카파우
더, 쌀, 오레가노, 화이 와인, 레몬, 샐러리

과정

1. 비스큐소스를 만든다. 먼저 채 썬 양파를 캐
러멜라이징한다.

2. 280도에서 15분간 구운 헤드온새우와 토마
토, 레몬을 냄비에 넣어 으깨면서 볶는다.

3. 당근, 샐러리, 마늘, 볶은 양파, 홀토마토, 오레가노, 화이트와인을 넣어 졸이고 갈아 망에 걸러낸다.

4. 치자물에 불린 쌀, 샤프론, 소금, 후춧가루를 넣어 차게 식힌다.

5. 빠에야 팬에 다진 양파, 마늘을 볶다 치킨 스톡, 불린 쌀을 넣고 볶는다.

6. 비스큐소스를 넣고 홍합, 새우, 낙지, 초리죠, 파프리카파우더를 넣고 뚜껑을 덮어 9분간 익혀 완성한다.

Final Cut

특별한 장소에서
먹을 수 있는 해물 동그랑땡

● 재료

쪽파, 마늘, 고수, 건태국고춧가루, 새우, 돼지기름, 새우머리간것, 고추기름, 굴소스, 씬소이소스, 스톡, 전분, 설탕, 고추기름

과정

1. 새우, 돼지기름, 소금, 설탕, 전분을 약간 넣어 반죽한다. 이때, 새우는 칼옆면(넓은 부분)으로 으깬 다음 다져준다.

2. 전분을 뿌린 플레이트에 분할한 반죽을 넣어 동글동글하게 빚어준다.

3. 2의 새우 완자를 열이 오른 160도의 식용유에 6~7분 정도 튀긴다.

4. 고추기름을 두른 팬에 다진 마늘, 다진 고수, 다진 쪽파를 넣어 볶는다.

5. 4에 고춧가루, 새우 머리 간 것을 넣어 볶는다.

6. 마지막으로 굴소스, 씬소이소스, 스톡, 설탕을 넣어 농도를 조절하며 졸여 튀긴 동그랑땡에 소스를 끼얹어 완성한다.

Final
Cut

석천이네 레스토랑
추천요리 팟타이

● 재료

타마린, 칠리소스, 팜슈가, 단무지, 식초, 설탕, 피쉬소스, 죽순, 유부, 적양파, 부추, 건새우, 샬롯, 숙주나물, 새우, 쌀국수면, 계란

과정

1. 타마린은 찬물에 체에 걸러 녹여 불린 후, 팜슈가, 칠리소스를 넣어 졸여 설탕, 식초를 조금 넣는다.

2. 찬물에 1시간 정도 불린 쌀국수는 끓는 물에 10초간 데친다.

3. 손질한 새우도 끓는 물에 데친다.

4. 식용유를 두른 팬에 달걀을 풀어 스크램블한 후, 건새우, 슬라이스한 죽순과 유부, 다진 적양파를 넣어 볶는다. 건새우는 간이 짜기 때문에 조절하며 넣는다.

5. 4가 볶아지면 1의 소스를 넣어 볶는다.

6. 센불에서 숙주를 넣어 재빨리 볶는다.

*타마린은
찬물에서
5~10분간 불린다.

7. 쌀국수와 부추를 넣어 볶아 완성한다.

추억이 가득 담긴
똠양꿍

● 재료

스톡, 새우, 새우내장, 레몬그라스, 라임잎, 똠양 페이스트, 고수, 태국고추, 피쉬소스, 태국연유, 라임
쥬스

과정

1. 치킨스톡에 레몬그라스, 라임잎을 넣어 끓
인다.

2. 피쉬소스 1국자, 새우와 새우 내장을 넣어
끓인다.

3. 똠양 페이스트를 넣어 풀어준다.

4. 연유를 약간 넣어 준다. (연유와 똠양 페이스트의 양에 따라 색깔을 조절한다.)

5. 피쉬소스를 넣어 간을 맞춘다.

6. 마지막으로 라임쥬스와 태국고추를 넣어 마무리한다.

Final
Cut

찬란하게 47년

초판 1쇄 인쇄 2017년 4월 24일
초판 1쇄 발행 2017년 5월 1일

지 은 이 홍석천
펴 낸 이 김승호
펴 낸 곳 스노우폭스북스

기획편집 서진
편집진행 정세린 이호경
마 케 팅 김정현 김천윤
디 자 인 이창욱

주   소 경기도 파주시 문발로 165, 3F
대표번호 031-927-9965
팩   스 070-7589-0721
전자우편 edit@sfbooks.co.kr

출판신고 2015년 8월 7일 제406-2015-000159

ISBN 979-11-959633-8-6 03810
값 16,800원